PRIX 60 centimes

MICHEL CORDAY

MISÈRES SECRÈTES

PARIS
ERNEST FLAMMARION, ÉDITEUR
26, rue Racine, 26.

MISÈRES SECRÈTES

DU MÊME AUTEUR

Roman.

MARIÉS JEUNES.

Séries de Contes.

INTÉRIEURS D'OFFICIERS.
LES BLEAUX (*La Vie à Fontainebleau*)
FEMMES D'OFFICIERS.
CŒURS DE SOLDATS.

MICHEL CORDAY

MISÈRES SECRÈTES

PARIS

ERNEST FLAMMARION, ÉDITEUR

26, RUE RACINE, PRÈS L'ODÉON

A

HENRI SIMONIS EMPIS

En témoignage d'amitié.

M. C.

MISÈRES SECRÈTES

PREMIER TABLEAU

Soirée

Un domestique majestueux annonça :

Monsieur Jean Nèvre !

Monsieur Léon Blondel !

Et, succédant à l'escalier sombre, étouffé de tentures, éclatèrent devant eux la rumeur de foule, l'atmosphère de parfums et de lumière du hall en fête.

Un mouvement d'attention convergea sur les deux jeunes gens ; gênés de mouvoir leurs membres au milieu de ces regards, ils prirent l'attitude d'observer à leur tour.

Du vieux chêne lambrissait les murs, encadrait les tapisseries, plafonnait la vaste pièce
de caissons étroits ; des bahuts anciens, des
armures de fer, achevaient de donner au
décor ce goût moyen-âgeux que notre époque
adopta, peut-être à son insu, comme pour
donner, par l'austérité du cadre où elles
s'épanouissaient, plus de grâces aux femmes
et plus de charme aux fleurs.

A gauche, tout le fond de la salle était
envahi par une estrade : des palmes vertes,
deux bouddhas ventrus aux ors ternis, des
torchères de bronze, des draperies aux coloris
éclatants, donnaient à tout ce coin le charme
étrange d'un paysage hindou.

A droite, une vaste baie s'ouvrait sur
l'atelier : sous des flots de lumières élec-
triques, tout un peuple de blanches statues
s'élevait parmi les verdures.

Et de l'estrade à la baie, des files de sièges
s'alignaient, hiérarchiquement, depuis les
fauteuils aux bras dorés jusqu'aux chaises lé-
gères.

Les occupants causaient dans des poses

d'attente. Près du décor hindou, c'étaient de vieilles dames, aux décolletages opulents, malgré leurs cous endurcis de nodosités masculines ; et de ce groupe, des phrases jaillirent, impersonnelles, en petits jets, à la vue des deux arrivants :

— Quel est donc ce jeune lieutenant de vaisseau, qui donne le bras à son compagnon ?

— Comment, vous ne le connaissez pas, ma chère ? Mais c'est le héros de la soirée, l'auteur de la petite *Hindoustannerie* dont on va nous gratifier tout à l'heure !

— Cette pauvre Alice ! Il lui a fallu aussi son poète-marin ; c'est un objet de luxe nécessaire, aujourd'hui.

— Il assure pour plus tard un académicien.

— Ses apparitions sont rares, c'est là leur charme.

— Comment l'a-t-elle découvert ?

— Par son fils, qui s'en est littéralement *toqué* depuis deux mois : il est bien ; tout ce qu'il dit, tout ce qu'il fait est bien ; et sa famille entière est conviée ce soir à son triomphe.

— Qui, sa famille ?

— Son père, le commandant Nèvre, ce petit sec, gris de teint et de cheveux, aux yeux gênants, qui cause avec trois rosettes d'officier à l'angle de la serre.

— Et sa femme ?

— Il est veuf, il a trop changé de garnison. Ça use.

— Et encore ?

— Un frère, ce grand bonasse qui passe là tout près avec sa femme au bras.

— Gentille, la petite femme. C'est tout ?

— Oui. Il y a encore un ami intime, celui qui l'accompagne ; un ingénieur de l'Etat, très lancé, qui court le jour, danse la nuit, et travaille le reste du temps.

Et comme elles avaient toutes plus de cinquante ans, elles s'extasièrent.

— Une jolie taille, le marin. On dirait qu'il porte corset.

— Et ses yeux : on croirait que la mer s'y reflète toujours.

— La main qu'il dégante est aussi blanche que l'autre !

— Et l'uniforme : si distingué, si simple.

— Comme la façon dont il le porte.

Plus loin, côté des chaises, des jeunes filles jasaient, avec des jeunes gens, la tête tournée d'un geste joli. Robes blanches, robes roses, discrètement ouvertes sur les jeunes poitrines, élançaient les tailles comme des fleurs. Parmi les habits noirs, c'était un fouillis charmant et gai : on y était sans pitié.

— Avanceront, avanceront pas.

— Ils sont figés tous les deux ?

— Mon « frère Yves » a passé un habit.

— L'officier voudrait bien mettre ses mains dans ses poches.

— Il n'ose pas, à cause de ses gants.

— Comme il doit regretter son bateau !

— Pas gentil pour nous, ça, Monsieur. Et sa comédie, qu'est-ce que vous en faites ?

— Je voudrais bien en faire « mon deuil ». Mais il va nous la falloir boire jusqu'au dernier vers.

— Quelle drôle d'idée ont ces marins

d'écrire des alexandrins ! Les poètes ne com-
mandent pas de cuirassés, eux !

— Il a l'air vraiment en panne, avec son
ami !

— Calme plat.

— Ah ! voilà le fils de la maison qui vient
souffler dans les voiles.

— Il les prend à la remorque, c'est encore
mieux.

— Ils cinglent tous trois vers Mme Francesco.

En effet, Alma Francesco, le geste en détresse, se précipitait vers les deux amis, et à
peine les poignées de main échangées :

— On n'attend que vous pour commencer !
Ma sœur s'impatiente : c'est joli, de faire
poser ses interprètes ; vous savez, mon
petit, vous n'en aurez pas souvent d'aussi
chic que ça. Elle est épatante, ma sœur : un
teint, des yeux, une taille, un galbe, enfin !

Et s'il n'y avait qu'elle qui attende ! Mais
il y a encore la petite Cierné, qui doit jouer
de la guzla, l'instrument pour jeunes filles du
prochain hiver.

Encore une qui a du chic, Cierné !

Et se plaçant entre les deux amis dont il prit le bras :

— Figurez-vous que je lui avais chipé, hier, un petit pantalon de surah ; vous savez, ces pantalons qui, chiffonnés, tiennent dans la main. C'est mon trophée, à moi, ma mèche de cheveux. Et maman en trouve plein mes poches. Ce matin, voilà-t-il pas qu'elle déniche celui-là dans mon pardessus ! « Oh ! Alma, qu'elle fait, encore un ! » Elle l'examine, et, finalement : « Demande-lui donc où elle les fait faire ! » Un type, maman, un vrai type !

— Ça tient de famille, alors, roucoula Blondel à l'oreille de Jean.

Ce fut à ce moment que M™e Francesco vint interrompre l'éloge filial.

Elle était grande, mince, et parfois elle avait des silhouettes, des moues, des yeux d'enfant, le temps d'un éclair.

— Vous ne nous en voulez pas trop, Monsieur, d'avoir monté votre charmant poème sans vous consulter

— Vous en vouloir ? Si vous saviez, Madame, quelle joie j'ai éprouvée en apprenant
à Vichy la bonne nouvelle par une lettre de
votre fils : vous ne pouviez trouver plus vite,
ni mieux, le petit sentier mystérieux qui
mène droit au cœur.

— Bien vrai ? Le tout alors est d'y rester ;
croyez-vous que j'y réussisse ?

— Je n'oublierai jamais ce que vous faites
pour moi ce soir, Madame. Oublier ? Comment le pourrions-nous, d'ailleurs, nous qui
revivons pendant deux années de mer les
souvenirs de deux mois de France ?

— Alors, tâchez de faire bonne provision.

Et, prenant son bras, elle l'emmena, de
son grand air nonchalant, jusqu'au premier
rang de fauteuils.

Sur un signe d'elle, une musique aux
sources dérobées jaillit en sonorités imprévues. Les ondes graves des gongs s'harmo-
nisaient aux notes aiguës de ces flûtes qu'ont
les charmeurs de serpents, semblaient jeter
sur la salle un grand frisson de recueillement.

Et soulevant une tenture, Hélène Francesco parut.

Les plis d'un voile blanc tombaient jusqu'à ses pieds ; une courte veste brodée d'or,
de larges pantalons retombant à la cheville,
laissaient paraître la jeune souplesse de son
corps. Mais surtout ses yeux attiraient sous
le voile : ils étaient bruns, d'un brun chaud
de café, et semblaient tenir tout son visage.
Des yeux de charmeresse enfant consciente
de son pouvoir.

A genoux aux pieds de l'idole impassible,
la tête contre ses mains jointes, dans un
abandon de tout son corps, elle chantait sa
peine en tristes récitatifs : la musique l'accompagnait, et les deux harmonies s'épou-
saient, paraissaient vivre l'une par l'autre.

Miali, jeune fille de la caste noble, n'était
pas fiancée, bien qu'elle eût atteint quinze
ans : et suivant la bizarre coutume des Indes,
que la loi anglaise n'a pas su déraciner des
provinces centrales, elle allait être déchue de
son rang, chassée de sa famille, abandonnée
à la misérable existence des déclassées.

Elle se plaignait de son sort sans amertume, avec la passivité que versent dans les âmes les religions bouddhistes.

Mais soudain, les gongs grondèrent, les flûtes s'aiguisèrent, et Alma Francesco s'avança sous les vêtements de toile et le casque de liège d'un jeune explorateur.

Mme Francesco se pencha vers Jean, lui touchant le bras de son éventail replié :

— N'est-ce pas qu'ils sont gentils, tous les deux ?

Et au gonflement de sa narine, à l'éclat mouillé de ses yeux, Jean sentit nettement que chez cette femme qu'on disait assoiffée d'ambition et de richesse, l'orgueilleux amour de ses enfants restait encore le tout-puissant.

Mais Miali se confessait au voyageur, toujours indifférente et résignée ; et lui, dans un élan de jeunesse généreuse, une poussée aussi de fantaisie éprise du non-banal, lui proposait de l'épouser pour la faire échapper à l'impitoyable sentence.

Comme elle acceptait, ce furent des noces hindoues, reproduites avec une sincérité dont

Jean s'amusait; c'était la réalité moins la saleté des visages et des vêtements, moins l'odeur fétide qui s'en dégageait; comme l'apparition en rêve d'une chose déjà vue.

Les amies d'Hélène Francesco l'entouraient; sous la gravité dont elles se pénétraient, en vain cherchaient-elles à dissimuler la joie où les plongeait l'éclat de leur riche costume. Et des petits gloussements couraient les rangs des mères.

Puis, les époux furent seuls. Avant de quitter sa compagne d'une heure, le jeune voyageur s'efforçait d'éveiller à la vie la petite âme indifférente et comme lasse avant la lutte. La musique s'était tue; dépouillant son masque gouailleur, Alma Francesco clamait de sa voix chaude les vers, où courait l'ardente passion de vivre des races civilisées.

Et comme Miali, comprenant confusément le vrai but à poursuivre et le vrai culte à rendre, s'épeurait, se blottissait dans ses bras, dans l'effroi des horizons entr'ouverts lui, sous un chaste baiser d'adieu, faisait

éclore dans son cœur l'extase de l'amour et
l'amour de la vie.

Les « Ah ! très bien ! Charmant, Délicieux,
Adorable, » éclatèrent de tous les points de
la salle, se mêlèrent en une rumeur confuse,
parmi des bruits de sièges remués. On sentait le besoin de se délier la langue et les
jambes.

Jean, novice, buvait les louanges de cette
salle pourtant blasée, avec délices. Il lui en
savait gré comme auparavant de son grand
silence attentif ; le corps soulevé d'une aise
légère, l'âme en fête, il sentait tomber sur
son cœur en larges gouttes bienfaisantes
l'ondée tiède des compliments.

Ce fut d'abord Mme Francesco qui, reprise
par ses devoirs de maîtresse de maison, lui
répéta dans son joli sourire : « C'est bien,
vous savez, c'est très bien », et s'enfuit à
travers les rangs pressés des louangeurs.

Ensuite, vinrent les vieilles dames, qui
portèrent des jugements techniques, des
« c'est très intéressant, » parlèrent de la fac-
ture du vers et de la charpente du scénario.

Des hommes suivirent avec d'éloquentes
poignées de main. Des journalistes, des écrivains le congratulèrent, lui offrirent leur
aide, et cela de bonne foi, parce qu'ils ne
voyaient pas en Nèvre le professionnel, le
rival de demain.

En vain cherchait-il de l'air, de l'espace
libres : c'était comme une prison d'encen-
soirs qui s'agitaient sous son nez, infranchissable.

Soudain les rangs s'ouvrirent, et Jean vit
paraître son père escorté de ses trois messieurs décorés. Avec une pointe d'emphase
qui seyait à l'assurance de ses gestes, il s'é-
cria, les bras ouverts :

— Ah ! mon cher enfant, que tu m'as fait
plaisir, et que je suis fier de toi : ils sont si
rares, les instants de légitime orgueil qu'on
peut avouer tout haut !

Et il s'en fut avec ses trois vieux messieurs,
qui semblaient goûter fort cette belle élo-
quence.

Enfin Jean put gagner l'atelier, où ne
s'était pas encore épandu le flot des invités.

Ingénument il admirait son image apparue
en pied, dans une grande glace de modèle ;
la chute gracieuse des aiguillettes d'or, la
sveltesse de sa taille et surtout — oh ! surtout — la croix d'honneur qui éclatait en
rouge et blanc sur le noir de sa redingote.
Ce miroir avait-il reflété souvent des êtres
aussi heureux que lui, qui tinssent dans
leur main un tel faisceau de bonheur ?

Mais un léger bruit lui fit détourner la tête,
tout confus d'être observé. Et derrière une
grande maquette, — la statue d'un législateur,
sans doute, car elle tenait d'un air profond
un rouleau de papier dans la main — il
aperçut Mme Francesco qui remettait la cravate d'un monsieur.

Elle parfit son œuvre en tapotant d'un air
satisfait le nœud renoué, et se retournant :

— Monsieur Nèvre, je vous présente mon
mari, qui a pris grand plaisir à votre poème.
N'est-ce pas, Jules, que tu as pris grand
plaisir ?

Le sculpteur s'inclina, murmura un vague
« certainement », comme paralysé de timi-

dité, l'esprit ailleurs. C'était un homme
d'une cinquantaine d'années, avec de beaux
yeux rêveurs dans une noble figure.

Et Jean, assis à l'écart, songeait à cette lé-
gende — qu'il tenait de l'universel Blondel —
représentant Jules Francesco comme inapte
aux luttes de la vie, doué seulement du ro-
buste talent dont l'intelligence de sa femme
avait su tirer, comme d'une mine féconde,
honneurs et fortune.

Puis ses pensées imprécises, noyées dans
une brume de joie, coulèrent paresseusement...

— Qui est là ?

Deux mains s'étaient posées sur ses yeux.
Mais à la fraîcheur du rire — des perles tombant dans une coupe de cristal — il avait re-
connu la femme de son frère ; il répondit :

— Une jeune personne pas sérieuse qui
devrait écouter en ce moment la célèbre di-
vette Cierné et sa guzla.

Elle prit place à côté de lui.

— Bah ! la guzla, je connais ça depuis que
je suis au monde : ça s'appelait autrement,

voilà tout. Et puis, ne devais-je pas venir com-
plimenter mon grand homme de beau-frère ?

Dites donc, c'est arrivé, votre histoire ?

— Mais certainement.

— Eh bien ! on ne doit pas avoir beaucoup d'enfants, dans ce pays-là ! On se quitte
une heure après s'être épousés !

— Vous ne serez donc jamais raisonnable ?

— Mais si, mais si : quand mon mari est là.
Tenez, vous allez voir.

En effet, Georges Nèvre, l'air inquiet,
s'avançait en jetant les yeux de tous côtés.

Dès qu'il eut aperçu sa femme, sa physionomie s'éclaira.

— Ah ! te voilà. Je te cherchais partout ; tu
as disparu si vite.

— Là, là. Je ne pouvais être bien loin. Je
n'étais pas aux Indes, bien sûr ; quoiqu'on
y trouve de beaux explorateurs trop bien
élevés. Mais voilà un mari qui ne peut pas
vivre une minute sans sa femme.

— C'est très flatteur, dit Jean.

Elle le regarda d'un air singulier, et dans
son rire continuel :

— On voit bien que vous n'y êtes pas, vous.

Un malaise, comme le frôlement d'une souffrance très proche, s'empara de Jean. Dans la salle voisine, résonnaient les notes grêles de la fameuse guzla.

— Rentrons, dit-il en se levant.

Mais près de la porte, Blondel, qui prétextait de sa myopie pour examiner de très près la dentelle d'un corsage sous le couvert d'un éventail, se dressa subitement.

— Holà ! vieux loup de mer, venez çà que je vous félicite. Alors ce n'est plus l'œuvre des petits Chinois, maintenant. C'est l'œuvre des petites Hindoues. On ne baptise plus, on épouse. Quand je dis « on épouse », c'est une façon de parler. Tu fais les choses à moitié, toi ; au moins en vers.

— Dis donc, c'est tout ce que tu as à m'offrir, comme félicitations ? railla Jean, chez qui commençait à naître le susceptible amour-propre inséparable de toute vocation littéraire.

— Non, sans blague, c'est très chic. Il y a surtout la fin, tout ce joli plaidoyer en faveur

de l'existence qui la ferait presque aimer à
ceux qui en sont le plus dégoûtés.

Tu y tiens donc tant que cela, toi?

— Si j'y tiens? Tu me le demandes! Mais
j'aime la vie, non pas inconsciemment, mais
à la façon d'une personne chère dont les
grâces les plus infimes, fussent-elles fugitives,
fussent-elles cachées, seraient l'objet d'une
adoration également fervente.

J'aime la vie pour toutes les bonnes choses
qu'elle nous procure, à chaque instant. Et je
me sauve de l'amertume des mauvaises par
l'intérêt qu'elles contiennent.

Je l'aime pour tous les spectacles de la nature, de l'horrible au délicieux; je l'aime pour
tous les raffinements de l'existence civilisée,
pour les curiosités des intrigues qui se nouent
sous mes yeux, quels que soient les sentiments qui s'y révèlent.

Et je jouis de tout en gourmet, avec recon-
naissance. J'en jouis d'autant plus profondément qu'au contraire de beaucoup de gens,
j'en jouis en conscience, dans une perpétuelle
action de grâce.

— Tu aimes donc quelqu'un ? lui demanda brusquement Blondel.

— Au grand sens du mot? Non. Je t'assure que c'est ma nature qui est ainsi, et peut-être mon métier lui vient-il un peu en aide.

Parfois il m'arrive de revoir toute ma vie, qui n'est pourtant pas bien longue. Et ce sont des souvenirs dont le nombre me stupéfie, que je feuillette comme un livre de belles images. Il y a des parties de campagne, des bals, des dîners de famille, des soupers fous, des coins de paysages et de salons; tout cela reste bien net, bien brillant, parce qu'au moment même, tous mes sens palpitaient, éperdus, dans le plaisir de vivre.

— Bigre, mais tu n'en as pas pour dix ans, à jouer sur tes nerfs de cette façon-là !

— J'ai bien craint de n'en avoir pas pour dix mois. Ah! cette résurrection, à Vichy, à mon retour en France. Je ne l'ai confessée à personne, mon angoisse de rester là-bas, à Siam ; d'y finir loin de France, même pas utilement, mais à l'hôpital. Mais je t'assure que j'étais plus malade de cette peur-là que

d'une maladie de foie. C'est peut-être pour
cette raison que j'ai guéri si vite, au retour.

Ah ! ce monde élégant, à Vichy, cette musique, ces soirs d'automne caressants et
tièdes. Et puis la croix est venue me trouver
là, enveloppée dans mon brevet de lieutenant
de vaisseau.

Tu souris ?

— Je ris de te voir content. Moi, tu sais, la
croix, ça ne me subjugue pas. Décoré, les
sergents de ville et les conducteurs d'omnibus
sont un peu plus polis avec vous, voilà tout.

— Civil, va. Puérile ou non, ma joie a été
bien vive. Il me semblait que j'avais tout à
moi, que tous les regards disaient une en-
vieuse admiration. Est-on bête ?

— Oh ! oui.

— C'est alors que j'ai connu le fils Francesco ; c'est un brave garçon, un peu
braque...

— Mais qui t'a fait jouer ta piécette par
une sœur à lui qui est rudement jolie. Je
m'y connais, tu sais.

— Sois modeste, Don Juan. Donc, grâce à

Alma Francesco, j'ai peut-être connu ma meilleure minute, ce soir, quand j'ai senti du vrai enthousiasme m'entourer, me réchauffer le cœur, quand j'ai vu ces illustres me serrer la main, à moi qui, hier encore, regardais avec admiration leurs photographies à tous, à la vitrine des libraires !

— Oui, à moi, parodia Blondel, à moi Jean Nèvre, lieutenant de vaisseau, chevalier de la Légion d'honneur, vingt-six ans, joli homme et toutes ses dents : tu n'oses pas le dire, tu en grilles d'envie.

Eh ! mon vieux, ta meilleure minute n'a pas encore sonné, car la voici : regarde.

Encore vêtue de son costume indien dont elle ramenait les voiles légers sur elle avec des gestes d'une grâce précise, Hélène Francesco s'avançait vers eux, souriante.

Jean se précipita. Il voulait lui dire de jolies choses reconnaissantes.

— Ah ! Mademoiselle, que je vous remercie...

Mais les idées s'étaient enfuies à tire-d'aile, ne lui laissant que des balbutiements confus.

Ce fut la jeune fille qui le sauva.

— C'est moi qui dois vous remercier, Monsieur ; grâce à vous, je connais la bonne griserie des applaudissements... car j'en prends ma petite part, n'est-ce pas ?

— C'est la grande qui vous est due, Mademoiselle.

— Partageons, voulez vous, en camarades ?

Et elle lui tendit la main gentiment, avec un sourire qui découvrait ses dents, qu'elle avait saines et blanches.

Et comme des accords de valse subitement retentirent, il s'inclina profondément devant elle. Puis, saisissant en souriant les longs voiles qu'ils tinrent tous deux, ils disparurent dans la cohue sautillante...

Une heure après, Jean vint trouver Blondel, de plus en plus myope, et de plus en plus épris de vieilles dentelles.

— Tu t'en vas ? demanda Jean.

— Si tu veux. Où vas-tu ?

— A Montmartre, pardieu, chez Renée !

— Toute la lyre, alors !

DEUXIÈME TABLEAU

Heures d'Amour

Minuit!

Les douze coups tintèrent, clairs et frêles, dans l'ombre de la chambre endormie, s'espacèrent en sonorités pimpantes, semblèrent chanter la paix profonde du sommeil, interminablement.

Un feu brasillait, dégageant peu à peu les choses de l'obscurité.

De brèves lueurs illuminèrent des cuivres, fouillèrent les plis lourds des rideaux retombés : et le lit immense apparut.

Exhaussé d'une marche, sous un dais de

velours, et tout couvert de rouge, il était solennel comme un trône. Une petite figure de
femme y dormait paisiblement.

Le visage charmant, auréolé de cheveux
épars, semble de crème savoureuse ; entre
les lèvres entr'ouvertes, enfantines, l'haleine légère s'envole, séchant l'émail des
dents d'amande fraîche.

Et les tableaux aux murs, les plantes jaillies
des vases, la masse incertaine des meubles,
décelés par la dernière flamme du feu qui
meurt, se rendorment dans la pénombre.

Une heure !

La sonnerie éclate, brève comme un signal,
alerte comme un réveil ; et presque aussitôt,
un bruit de clef qui ferraille dans la serrure,
et Jean paraît, pose la lampe et se précipite
vers le lit d'où sort une petite voix endormie.

— Ah ! voilà l'enfant qui rentre.

— Bonsoir, ma chérie. Il y a longtemps
que tu dors ?

— Non, j'ai voulu vous attendre. Et puis,
j'ai pensé que toutes vos belles dames vous
retiendraient longtemps, et je me suis couchée

pour prendre patience. Dites, il y en avait
beaucoup, de belles dames ?

— Mais oui, mais oui.

— Oh ! il faut tout me raconter, à moi.

Assis au bord du lit, toujours en grand
uniforme, il se mit à lui narrer la soirée.
Elle l'écoutait, le coude dans l'oreiller, sa
tête appuyée contre sa main, la chemisette
entr'ouverte sur sa gorge blanche.

— Et votre « chose » en vers, on l'a
jouée ?

— Certainement. Tout le monde pleurait,
même moi.

— Oh ! il se moque toujours ! Les actrices,
c'étaient des belles demoiselles ?

— Bien sûr.

— La fille de la maison, elle jouait ?

— Oui.

Et un vague instinct lui ferma la bouche à
ce sujet. Mais elle, le fixant de ses yeux de
velours vert aux lignes précises :

— Ils sont riches, ces gens-là ?

— Follement. Ça vaut cher, la sculpture
d'homme célèbre ; ça se transforme en châ-

teaux, en voitures, en hôtels, en robes... et quelles robes !

Il se leva, décrocha ses aiguillettes ; puis se rapprochant du lit :

— Mais bah ! je ne les envie pas. J'aime autant ma richesse intermittente, à moi : deux ans d'économies forcées, flambées en trois mois aux feux de ces yeux-là.

Et penché vers elle, il lui baisa longuement les paupières.

Tout le tendre visage conservait la tiédeur du lit. Il en suivit les contours avec ses lèvres, à petits coups. Puis ce fut ce qu'il appelait le « signe de croix », de profonds baisers sur son front, ses yeux et ses lèvres.

Et, plus bas, il reprit :

— Non, je ne les envie pas, va. Ni la croix de commandeur, ni les carrosses, ne valent ton amour toujours fidèle, ni ta petite figure toujours jolie.

Elle se prêtait à ses caresses, câline sans paroles, douce et bonne. De son cou, un parfum âcre et subtil montait : odeur de chair, séduction lente et profonde, qui semble couler dans les nerfs des hommes l'invincible désir d'en posséder toutes les sources !

Deux heures !

Ce furent deux notes cristallines, comme le « ah ! ah ! » mi-rieur, mi-confus, d'une personne qui ouvre inopinément une porte sur un spectacle intime.

Ce sont les compensations des petites pendules : si elles sonnent tous les mornes quarts d'heure de Rabelais, — écot à l'hôtesse, écot à la mort — elles carillonnent l'heure du berger. Ce sont les gaîtés du métier, les bonnes secondes qu'elles voudraient ralentir, mais qu'elles peuvent seulement battre un peu plus fébrilement que les autres.

Trois heures !

Trois coups graves comme avant un lever de rideau. En effet, devant les yeux de Jean, qui songe auprès de sa compagne endormie, se déroulent tous les tableaux de sa liaison :

Dans un gai paysage de banlieue parisienne, aux verts trop tendres, aux coloris

trop criards, elle lui apparaît, toute gravette
dans une folle bande, sa blanche figure sous
un chapeau noir, le corps roulé dans une
robe claire.

Il se voit badinant, surpris et charmé
d'être accueilli par des sourires qui ne rail-
lent pas. Puis les lèvres se disent « adieu »,
les yeux « au revoir ». D'ailleurs, il lui a
laissé au doigt une bague à lui, une petite
bague de cuivre venue de Ceylan. Quelques
jours après, il lui déclare dans une lettre
très respectueuse que son petit doigt s'en-
nuie de sa bague absente, et — les petits
doigts, qui savent tout, ne doutent de rien —
qu'il la voudrait bien aller recouvrer en personne.

Ah ! l'exquise soirée, fleur de jeunesse !
Premier rendez-vous, dont le charme est
dans la divination des consentements ina-
voués.

Les couples heureux suivent, pour s'amuser, d'identiques chemins : mais ils croient
tous les découvrir.

Dans le fin restaurant où ils dînèrent, ils

ne virent point leurs voisins qui, comme eux,
se souriaient entre les carafes.

Au bois, dans les allées immenses noyées
de lune, ils n'aperçurent pas les ombres en-
lacées, aux leurs pareilles, que d'autres voitures emportaient dans le petit grincement du
sable sous les roues.

Pourtant, il eut une saute d'orgueil au
cœur, devant le mouvement de franche
admiration que provoqua la réunion de leurs
souriantes beautés, dans le café illuminé,
égayé de musique tzigane, où leur promenade les conduisit ensuite. Au moment de
remonter en voiture, il lui avait demandé,
tout en fièvre :

— Où allons-nous ?

Et elle, l'air malicieux :

— Mais, chez nous.

C'est ainsi qu'il avait connu son petit
appartement de la rue Custine, la salle à
manger encombrée de bibelots tunisiens, la
chambre imposante de velours et de cuivres
où, maintenant, ses yeux habitués à l'ombre
retrouvaient le vol palpitant des souvenirs.

Il avait vécu là un mois triomphant, plein
de retours matinaux parmi l'éveil de Paris,
dans l'air délicieux à boire comme une
liqueur d'or. D'elle, il avait appris peu de
chose, car elle était volontiers silencieuse.
Ses parents étaient gardiens de cimetière, à
la plaine Saint-Denis, derrière la Butte. Elle
avait vécu près d'eux jusqu'à dix-huit ans,
ne les avait quittés que pour suivre, avec
leur consentement tacite, un jeune homme
de trente ans qui l'installait, l'entourait de
son adoration, et mourait un an après de la
poitrine, en Tunisie.

Elle l'y avait suivi, soigné, et revenue en
France, continuait de vivre dans le nid
abandonné.

Quelle était la part de la vérité, celle du
mensonge, dans le récit arraché par lam-
beaux à la chère bouche rose? jamais il ne
l'avait su ; et l'étrange maîtresse était restée
pour lui l'énigme aux yeux verts qu'on ne
trouve jamais.

Cela n'avait pas été sans jalousies, sans
inquiets et tenaillants soupçons de sa part.

Puis, sous la quiétude de chaque jour, tout s'était apaisé dans son esprit.

De fait, il avait pu, son congé durant, la trouver toujours aux rendez-vous donnés, arriver chez elle à l'improviste : et sa confiance s'épanouissait comme son amour.

Quand il était retourné faire campagne, elle l'avait accompagné au rapide du soir, et bien longtemps il avait gardé la vision du départ, le train comme s'arrachant au quai, et parmi la foule de ceux qui restent, la figure blanche, plus blanche encore sous la lumière électrique qui la baigne.

Puis, ils s'étaient écrit. Tout son cœur, à lui, débordait dans ses lettres. C'est qu'elle était venue, la providentielle rencontre, au moment critique où il faut aux jeunes hommes une compagne qui emplisse leur vie, en qui ils éprouvent l'impérieux besoin de s'épancher, dans la joie comme dans la peine.

N'être plus seul ! dépenser ce trésor de caresses qui s'épanouit en eux ; tout confier, tout dire, sans méfiance, jusqu'à n'avoir plus de secret, plus rien de soi à soi seul !

Tel est leur rêve. Mais telle est la vie, que celles auxquelles ils livrent leur âme généreuse de vingt ans ne les comprennent jamais !

Ah ! si l'on savait le nombre d'officiers, cœurs restés simples sous l'apparente désinvolture de leurs allures, qui emportent au loin, invoquent dans les circonstances difficiles le nom d'une humble femme, contrainte de se vendre pour vivre, peut-être au moment même où s'envole vers elle l'appel d'un mourant ou d'un vainqueur !

N'importe : ils élèvent leur idole à la hauteur de leur culte, ils la parent pour l'en rendre digne.

Qu'importe leur aveuglement naïf et risible, puisqu'il permet à leurs désirs de frémir, à leur cœur de s'émouvoir, comme au contact d'une vraie beauté et d'une réelle intelligence ?

Il leur faut l'étincelle divine de l'amour : qu'importe le caillou dont ils la font jaillir !

Voici qu'il revit l'impatience pleine de

fièvre de son dernier retour, depuis Toulon :
la chanson monotone des trains, scandée
dans les courts arrêts par le heurt des mar-
teaux aux roues. Puis les paysages familiers
reconnus au petit jour, la banlieue, les rues
endormies que le train domine. Enfin, sur
le quai, sa Renée toujours calme, qui lui
sourit.

Quel jour de folies, dans l'odeur âcre des
objets venus de là-bas, déballés pêle-mêle
dans la chambre. Une grande allégresse
d'esprit, une vaillance de tout l'être, courait
en lui sous l'éveil des souvenirs.

Près de lui, maintenant, elle dormait,
paisible, plus jolie dans le repos des traits
affinés de langueur. Il l'entoura de son bras,
très tendre. La caresse de cette chair de
femme était plus douce, plus fine, sous la
soie qui l'enveloppait, comme un souple
épiderme flottant autour de l'autre...

Quatre heures !

Elles semblèrent doubler l'éclat de rire
moqueur des « deux heures ».

Cinq heures !

Elles claironnèrent comme un chant de coq.

Les rideaux blanchirent; des bruits de volets frappés aux murs, des roulements de voitures se firent entendre. Ce fut le jour.

Six heures !

Elles secouèrent de grelots la chambre engourdie, éclairée de lueurs blafardes. Tout s'éveille et définitivement surgit de l'aube indécise et glaciale. Dans la cour, des bonjours s'échangeaient d'une fenêtre à l'autre. Toute la maison laborieuse se mettait en branle pour le travail quotidien.

— Bonjour, petite fille, dit Jean.

Mais elle continuait de dormir et lui rendait ses baisers dans son sommeil, machinalement.

Alors il resta dans la béatitude heureuse du songe éveillé, le corps si léger qu'il lui semblait flotter dans les draps. Et une fois de plus, dans ce cadre retrouvé, près de sa maîtresse charmante, sous le frisson du premier soleil, il s'estima très voluptueusement heureux.

D'autres heures sonnèrent encore, qui marquaient les douces habitudes prises.

Huit heures !

Le chocolat dégusté au lit, paresseusement, avec des repos occupés à voir courir la petite buée grise, odorante et chaude, qui monte de la tasse.

Neuf heures !

Les journaux épars, grands ouverts, qui sentent encore la bonne odeur d'imprimerie, envahissent la chambre.

Pendant ce temps, Renée va, vient, les cheveux en fusée autour de la tête, l'air gamin dans sa robe de chambre, jetant à sa chienne — un caniche noir aux yeux bons — des appellations câlines.

De grandes discussions éclatent aussi, parfois ; le paresseux Jean ne se lève pas ; alors les journaux volent par la chambre, devenus projectiles de guerre : des poursuites folles s'organisent autour des meubles ; on saute le lit comme dans un steeple. Et quand Renée, harassée, se rend, elle prend le museau de sa chienne qui la regarde de son air grave :

— Tu vois, lui dit-elle, papa bat maman !
Dix heures !

C'est un rappel à l'ordre, la sonnerie de la
soupe. Plus de luttes à main plate : des
enfants sages. Renée vaque aux soins du
ménage, devient invisible dans sa chambre.

Bientôt, se dresse le couvert, sur une
nappe coquette. La belle ordonnance des
cristaux, la blancheur du linge plonge toujours Jean dans une extase nouvelle. Cette
vue lui donne faim.

Onze heures !

La pendule semble dire « Madame est
servie ». Et les deux jeunes gens se mettent
à table. Vieux comme l'amour, leurs jeux
ne les lassent jamais : boire au même verre,
manger le même pain, éternels refrains d'une
chanson toujours nouvelle.

Ces intimités plaisent à Jean. Il s'y aban-
donne délicieusement...

Soudain, une douleur aiguë, quelque chose
de froid comme un coup de rasoir en plein
corps, en plein organe palpitant, quelque
chose d'inquiétant, tel un être étranger

mordant subitement sa chair, tressaille dans son flanc droit.

A peine la sensation a-t-elle duré le temps d'un éclair.

Mais Jean reste pâle, toute sa joie envolée.

— Qu'avez-vous ? demande Renée.

— Rien, répond Jean.

Mais la peur troublante, la peur toute-puissante de la mort ricane devant lui, l'étreint, comme une maîtresse implacable qui, désormais, n'abdiquera plus jamais.

TROISIÈME TABLEAU

Consultation

A travers les vitraux du salon, Jean regardait dans la rue. Un ciel salé, couleur de murs, prolongeait les maisons tristes, semblait collé aux toits blancs de neige.

Sur les trottoirs, les passants pataugeaient dans une glace fondante et noire, tel du sorbet à la boue.

Dans la marche hâtive de ces silhouettes, dans la mélancolie de leurs dos voûtés sous la bise, apparaissait la désolation des dégels parisiens.

Étrange influence des milieux sur nos âmes! La tristesse de Jean devenait plus profonde, plus impérieuse, au spectacle de la tristesse des rues. Ainsi qu'un reflet du sol semblait salir le ciel, un peu de cette boue glaciale semblait monter en lui, noyant ses pensées et gelant tout son être.

Obscurément son esprit se plaisait à cette harmonie des choses et de lui-même.

En même temps, naissait en lui l'étrange contentement de se sentir victime du sort, d'être frappé d'un coup qu'il sentait ne pas mériter.

Atteint aux Colonies, il s'était cru guéri à tout jamais au retour; et voici que le mal l'avait soudainement repris, puissant comme un feu qui couvait et qui éclate.

Était-ce grave? et combien? L'inquiétude le tenaillait, l'abandonnait pour le reprendre comme font les fauves de leur proie.

Bientôt, il allait savoir. Blondel lui avait conseillé ce fameux docteur Hochat, dans le salon duquel il attendait son tour. Et même l'ingénieur s'était offert à le présenter au célèbre praticien, qu'il connaissait intimement.

Vraiment, on ne se serait pas cru chez un médecin. Le jour diffus baignait la vaste pièce de molles clartés, comme des lueurs de lampe derrière un globe. Dans un coin, trois lances de fer, réunies en trépied, soutenaient un chaudron de vieux cuivre où poussait un palmier. Plus loin, des bahuts étalaient les richesses de leurs collections : et sur tous les meubles, sur les tables, la cheminée, les vitrines, une marée envahissante de bibelots rares couvrait les espaces libres, disait les innombrables cadeaux, ex-voto consacrés au souvenir reconnaissant du maître.

Des dames regardaient des journaux illustrés. D'autres, habituées à se rencontrer là, causaient tout bas. Et n'était, à l'examen des visages, un trait de souci apparu au front disant la perpétuelle inquiétude, le ver rongeur de l'organisme touché, on eût pu croire à quelque parlotte, à quelque salon d'hôtel confortable.

De temps à autre, une portière se soulevait et la haute carrure du docteur apparaissait

une seconde. Puis la tenture retombait, don-
nant l'impression d'une infranchissable barrière entre le monde extérieur et le maître
disparu avec la visiteuse. Soudain, Blondel
parut, fringant, la boutonnière fleurie, la
lèvre souriante sous la moustache allongée à
coups de brosse.

Il se précipita vers son ami.

— Eh bien, vieux, ça ne va donc pas ?
Toujours ce maudit foie qui se ressouvient
des grandes Indes. Ce n'est rien ; Hochat va
t'enlever ça d'une pichenette. Quel sacré bonhomme, ce Hochat !

— Il est vraiment très fort ?

— Epatant ! On ne meurt plus, une fois
dans ses mains. C'est l'homme des miracles.
Je suis sûr qu'il ne va pas te trouver assez
malade pour le déranger.

— Et toi, interrogea Jean désireux
d'échapper au courant de sa pensée, tu étais
donc bien bas, qu'il t'a porté tant d'intérêt ?

— Oh ! moi, fit Blondel d'un air contrit,
simplement un peu de fatigue. Il m'a donné
des conseils, des règles de conduite...

— En effet, ça manque dans *Don Juan*, l'Acte du médecin.

— J'ai comblé la lacune. Que veux-tu? c'est du surmenage, aussi. Tiens, aujourd'hui, n'est-il pas venu deux femmes à mon bureau, à la même heure !

— Qu'est-ce que tu as fait?

— J'ai filé, mais j'ai eu tort; je les retrouverai ce soir.

— Tu ne peux donc pas t'en affranchir?

— C'est plus fort que moi. Il me faut à toute heure l'absorbante occupation d'une aventure nouvelle. Quand j'arrive à mes fins, ma satisfaction est celle d'un collectionneur qui étiquette ses trouvailles. Elle se résout par cette exclamation « Encore une ! »

Et plus les intrigues s'entrelacent, plus s'accroît l'âpre jouissance qu'il me faut.

Un jour, c'est la femme d'un avocat que tout Paris connaît. Je la quitte à minuit. A une heure je suis chez une couturière de Pantin, qui pleure quand je suis en retard et m'écrit des vers. A deux heures, je suis au bal, tourbillonnant parmi de nouveaux flirts.

4

Et quand je me retrouve dans mon bureau, c'est pour rédiger des lettres d'amour à l'en-tête du gouvernement.

— Tu dois être très heureux !

— Non. Plus je bois, plus j'ai soif. Et je sens que je serai toujours altéré. Il me faudrait une calme et fraîche idylle, où reposer mon sang brûlé. En vain je la cherche, je l'espère dans chaque liaison. Je reste affreusement maître de moi, le cœur sec et les yeux sceptiques. Et moi, moi le fêtard, moi qui n'appelle plus les femmes par leur prénom de peur de me tromper dans les secondes d'ivresse, j'en suis encore à désirer comme un fou connaître cette chose qu'on prétend divine : aimer.

— Et moi qui croyais te connaître ! fit Jean stupéfait.

— N'est-ce pas? si tu savais comme ils sont nombreux, les esprits forts comme moi !

Mais le tour de Jean et de son ami était venu.

Ils pénétrèrent dans le cabinet du docteur.

Tout autour, des bibliothèques couvraient les murs. Il faisait sombre, et une odeur d'acide phénique vaguait dans l'air.

Assis au contre-jour dans un vaste fauteuil, Hochat se faisait expliquer par Blondel les circonstances qui avaient amené Jean Nèvre à le consulter; et de temps en temps, il hochait sa tête puissante, où la barbe et les cheveux gris couraient en fils légers et appauvris.

— Maintenant que les présentations sont faites, permettez-moi de me retirer, dit Blondel.

Et frappant sur l'épaule de Jean :

— Je t'attends à côté.

Dès que les deux hommes furent seuls, ce fut, de la part du docteur, une suite de questions précises et pressées comme une auscultation en paroles.

Et Jean, sentant l'empire du maître, répondait machinalement, toute personnalité anéantie.

Puis, l'aspect des questions changea : ce ne fut plus un interrogatoire hésitant, ce furent des assertions, comme des divinations qui stupéfiaient Jean.

Tout ce qu'il avait ressenti aux différentes phases de la maladie, jusqu'à ces poignantes angoisses des derniers jours, Hochat avait tout deviné, l'air calme et réfléchi. Donc, il connaissait son mal.

— Eh bien, docteur ?

Un grand silence pesait, que Jean voulait rompre. Hochat s'était levé, emplissait la pièce de son envergure énorme.

— Vous êtes officier, Monsieur ; vous aurez du courage. Eh bien, l'affection dont vous souffrez est grave, très grave. La science, dans son état actuel, ne peut qu'en alléger, qu'en diminuer les souffrances ; mais elle n'a pas encore triomphé du germe lui-même.

Mais la jeunesse a d'infinies ressources de vitalité ; avec elle, on ne peut jamais savoir quand finira la lutte.

Il eut un grand geste de la main, qui semblait montrer les livres entassés, impuissants à vaincre.

Jean, étourdi, perdu, comme après un

coup terrible sur le crâne, s'efforçait de penser, de renaître, de savoir si tout cela n'était pas un rêve, un cauchemar affreux à dissiper par un prompt réveil.

Mais non; c'était vrai. Alors, et dans l'espoir enraciné d'une parole consolante, d'une dénégation qui lui serait douce, il hasarda dans un triste sourire :

— Il m'en reste bien pour un an, docteur?

Mais Hochat ne s'exclama point sur la brièveté du terme, à son douloureux étonnement. Il retraça dans l'air son geste vague, et fidèle à sa méthode de satisfaire chez les malades cette curiosité, cette soif de détails qui les dévorent tous :

— Je ne sais. Par une cause inconnue, car changeante, un point forme induration, dans l'organe touché. Peu à peu la tare s'agrandit; elle lance dans toutes les directions le réseau de ses fibres ténues; et bientôt toute la masse se prend, comme ces solutions saturées et limpides, qu'un seul cristal suffit à transformer en un bloc solide. L'organe n'est-il point vital? on l'enlève.

S'il est indispensable à l'économie de l'être humain, l'ablation devient impossible.

Ce fut net comme un coup de tranchet, décisif comme un arrêt de mort.

La tête vide, bourdonnante, Jean balbutia quelques mots, s'orienta, guidé par Hochat, qui l'accompagnait machinalement.

Et soudain, rejeté dans l'antichambre où sommeillait le domestique, il songea que Blondel l'attendait dans le salon.

Que faire ? Allait-il tout lui avouer, désespérément, dans l'abandon si consolant des intimités qui ne se cèlent rien ?

Non. Déjà naissait en lui la pudeur de son mal, un instinct de le cacher à tous, de conserver le plus longtemps aux yeux du monde l'illusion de la santé, comme pour la garder soi-même encore.

Et il entra dans le salon, la tête haute, l'attitude raidie, gardant seulement dans les yeux cette énigmatique lueur de souffrance et de fierté mêlées, du jeune Spartiate dont un renard rongeait le flanc, et qui souriait.

QUATRIÈME TABLEAU

L'Oubli

Dans l'entresol où l'on soupe, leur entrée fit sensation. Eux en habit, l'orchidée à la boutonnière, elles en claires toilettes devinées sous leurs grands manteaux ; ils cherchèrent une table, parmi la cohue des groupes installés.

Un peuple harcelant de garçons s'empressait autour d'eux, enlevait prestement cannes, chapeaux, boas, dressait la nappe, et finalement restait fiché, comme à la parade, dans le dos des jeunes gens assis.

Alma Francésco, qui menait la bande, s'écria tragiquement :

— Garçons, éloignez-vous! vous reviendrez dans un quart d'heure.

Puis il plongea sa tête dans ses mains et il se mit à étudier la carte, dont il clamait tous les mots comme des noms de victoire : « Marennes! Perdreaux! Foie gras! »

Il énuméra ainsi tous les mets, ronflants et promettants ; quand il eut fini, il se tourna vers les femmes, assises toutes trois du même côté de la table, et qui jetaient de longs coups d'œil sur toute la salle et dans les glaces :

— Qu'est-ce que tu veux, Totoche, dans tout ça ?

— Un œuf sur le plat, laissa tomber dédaigneusement la soupeuse fatiguée.

— Et toi, Fanny? demanda Blondel.

— Une côtelette, dit Fanny, qui trouvait très « genreux » cette simplicité antique.

— Et toi, Renée, questionna Jean.

— Ce qu'on voudra.

Il sourit de cette indifférence, qui n'était

pas feinte et dont elle faisait preuve dans toutes leurs sorties.

— Au moins, vous, déclara Francesco, vous n'êtes pas difficile à contenter. Et toi, Jean, que t'ingurgiterais-tu bien ?

Il avait envie de choses pimentées et montantes, de caviar, de homard à l'américaine, de vins étourdissants qui flambent le palais comme une coulée de feu.

Il l'avoua, les yeux brillant d'une fièvre dont ses amis s'étonnaient, tout le corps secoué d'un besoin d'agir, de remuer, qu'ils ne lui connaissaient point encore.

Depuis huit jours, depuis sa visite au docteur Hochat, sa pensée affolée, cherchant une orientation comme l'aiguille d'une boussole, s'était enfin fixée : puisqu'il était condamné, il jouirait de la vie; il en jouirait éperdument, sans ces réticences, ces épargnes de force ou d'argent qui arrêtent dans leur folie les plus effrénés viveurs.

Et il se tenait parole. De toute la semaine écoulée, il gardait un souvenir confus où surgissaient pêle-mêle des visions de théâtres et

de coulisses, de kermesses parcourues en
bandes folles, de bals traversés dans un tour
de valse, de soupers excitants. Il s'était mon-
tré à toutes ses relations, le visage souriant
et la mine fière, il s'était mêlé aux foules des
grands magasins et des musées, combinant sa
vie comme une mosaïque où les occupations
les plus diverses, les plus dissemblables s'en-
castraient exactement, ne laissant nulle place
au repos.

Les nuits, les nuits mêmes n'apaisaient pas
sa fièvre. Il les passait chez Renée, qu'il enveloppait de son ardeur énervée, flambant
haut et clair, comme un feu de paille.

A elle aussi il avait tout caché, dans un tel
désir de mystère, qu'il souffrait qu'en pen-
sant qu'un homme, hors lui-même, connaissait son secret; et de songer que cet homme
avait pour devoir d'oublier ses oracles dès
qu'il les avait rendus, ne calmait pas son
anxiété.

D'ailleurs, sa vie folle n'apportait pas
l'oubli; soudainement, la pensée lancinante
de son mal l'envahissait au milieu de son agi-

tation; c'était un enterrement qui passait, le hasard d'une conversation, ces mystérieuses associations d'idées qui relient un mot entendu ou lu dans la rue, à nos secrètes et latentes préoccupations; ou encore l'étreinte de son mal, inquiétante et fugitive comme la morsure d'un ver rongeur dans les profondeurs de son être.

Et pourtant, planant sur le tout, sur sa certitude de mourir, sur sa croyance dans le diagnostic de Hochat, sur sa décision désespérée de boire à larges traits la joie qu'il lui restait à vivre, sur tout cela, un espoir planait, enraciné au tréfond de son cerveau, un espoir qui luttait de ténacité avec l'idée de mort, qui surgissait parallèlement à elle, et se formulait dans un éclair : « Après tout, si ce n'était pas vrai? »...

Maintenant, la table était dressée : sur la nappe brillante et raide, les cristaux, l'argenterie, les assiettes cerclées d'or, évoquaient des idées d'aise et de confort.

On apporta les huîtres. Et — merveilleuse mémoire de nos sens, qui nous transportent

aux lieux où ils ont pour la première fois
perçu un son, un parfum, quand ils retrou-
vent l'un ou l'autre — Jean s'envola, d'esprit,
très loin, quand vint à lui la fine odeur des
citrons coupés et des fraîches coquilles.

Des plages mornes, des plages de sable où
de grandes vagues vertes s'écroulent, glissent,
poussent de l'écume jusqu'au pied des dunes.
Oh! ce silence des solitudes vierges. C'est
l'Afrique, c'est l'infini rendu tangible au
spectacle de ces deux immensités qui s'étrei-
gnent. Le grand souffle de mer laisse aux
lèvres cette saveur saline qu'il retrouve dans
les huîtres : voyager, boire de l'espace, se
griser d'infini, assouvir ses curiosités, s'emplir l'âme, encore... Hélas! Il faudrait vivre;
il ne voyagera plus !

Et les escales aux îles d'Hyères, au printemps! les folles parties dans la campagne,
derrière Toulon ! Ce parfum d'oranger en
fleurs, cet air au goût de miel qui vient des
montagnes blanchies de poussière et de
soleil, il retrouve tout, rien qu'à l'odeur des
citrons coupés ! Eh bien, plus d'escapade à

Toulon, le bord quitté dans la sérénité de la
nuit et rejoint au petit jour. Et son cœur se
brise, et tout son être tremble d'impuissante
révolte.

Allons! du champagne, des liqueurs, coup
sur coup; un mélange terrible qui incendie
sa poitrine, enflamme sa tête près d'éclater.
Puis, des propos incohérents, un torrent de
blagues monstrueuses qui s'échappent de sa
bouche comme des pétards; il est la joie,
l'âme de cette table en folie; un verre se
casse, et tout aussitôt, il brise les autres, pris
d'un besoin de détruire et de faire du bruit,
assez de bruit pour ne plus rien entendre des
voix qui sont en lui.

Comme il est gai! chacun l'imite. Blondel
joue du piano avec ses pieds, Francesco l'accompagne sur son chapeau. Les femmes gla-
pissent, étouffent de rire, et font jaillir les
seins de leurs corsets.

L'aube paraît derrière les volets clos, que
le charivari continue encore. Pour faire éva-
cuer son établissement, le patron éteint la
lumière électrique. C'est la nuit. Blondel

allume une allumette et chante gravement
« De Profundis! »

Francesco en allume une autre et répond
« Requiescat in pace! »

Cela suffit. Toute l'ivresse de Jean est
tombée, comme sous une douche glacée. Et
dehors, dans le froid du petit matin, il lance
un juron de charretier à l'aurore rose qui se
lève au ciel déjà radieux.

Au bras de Renée, il remonta vers Montmartre. Une affreuse mélancolie envahissait
toute son âme. Le vide désolant, l'angoisse
infinie de la solitude, de l'isolement surgi-
rent, et l'entourèrent.

Il se remémora toutes ses tristesses, se
prouvant qu'il n'en avait jamais ressenti de
pareilles : des rendez-vous promis et non
tenus, des départs subits, véritables arrache-
ments qui rompaient des liens d'affections
toutes fraîches, toutes vives, ou des remon-
trances de supérieurs, cinglant l'amour-
propre comme des coups de fouet; la mort
de sa mère, quand il avait vingt ans, qu'il
commençait de comprendre l'amour profond,

pas toujours heureux, mais toujours fidèle,
qu'elle avait pour lui. Oh! que de tristesses,
que d'attendrissements dans sa courte existence d'homme. A ces souvenirs, ses lèvres
tremblaient de sanglots contenus. Et pourtant rien n'approchait de son apitoyement
sur lui-même, de sa détresse actuelle.

Il avait pleuré ses illusions, ses amours,
ses proches ; il se pleurait lui-même. Ils
étaient arrivés, lui rêveur, Renée silencieuse,
à la montée de la rue des Martyrs. Un flot
d'ouvriers, de trottins, dévalait la pente d'un
pas pressé ; des boutiques s'ouvraient, tandis
qu'au contraire les brasseries, aux fades ha-
leines refroidies de bière et de fumée, fermaient leurs volets bariolés d'affiches.

Comme il avait aimé tout ce coin-là ! Dans
le soleil fragile d'avril, toute la butte s'éveil-
lait, semblait s'ébrouer, secouer ses grappes
de bâtisses, ses taudis et ses cathédrales,
dans la blonde lumière.

Puis, au coin du boulevard extérieur, en
voyant les arbres poussiéreux et les bancs
d'un square, voici que par une saute brusque,

il revit encore sa mère, qui le promenait,
élevait son frère, et trouvait moyen de faire
honneur à son mari, en recevant chaque semaine les nombreux amis du capitaine.

Sa famille! il sentit alors son rôle de refuge, sa tiédeur de nid souvent méconnue
dans l'emballement des amitiés et des amours
brusques. Elle aussi, il allait la quitter. Il
songea à son frère, si bon, si aimant, vrai
type de ce bourgeois intelligent qui est la richesse et la force du pays. Puis, il vit son
père, actif et remuant, travailleur infati-
gable, la parole nerveuse, la poignée de main
nette et puissante.

Ne plus revoir tous ces êtres qui le pleu-
reraient avec des larmes sincères, dont il
allait trouer l'existence, d'un coup de foudre!

Une immense douleur l'enveloppa comme
un linge glacé. Renée s'arrêta. Ils étaient arrivés. Alors il l'embrassa très tendrement,
sur les lèvres.

— Je te laisse, ma chérie; je vais voir mon
père.

CINQUIÈME TABLEAU

En Famille

— A la santé du Lieutenant-Colonel!

Quinze bras, au bout desquels moussaient des coupes de champagne, se tendirent vers le lieutenant-colonel Nèvre, cambré dans son uniforme neuf. Les verres se cherchèrent, se réunirent en petits groupes sympathiques, aux extrémités et au centre de la table. Puis chacun s'assit, dans un brouhaha de chaises remuées.

Sur la nappe, autour d'elle, tout disait l'abandon du dessert : des pyramides de fruits

5

écroulées, des assiettes de petits-fours dont
ne restaient que les moins appétissants, une
glace qui mêlait, ainsi qu'une femme fardée,
son rose et son blanc liquéfiés à la chaleur de
la lampe. Des conversations s'engageaient
dans les coins, par deux, par trois; et le verbe
s'en échauffait, s'en haussait d'un ton, comme
si la capiteuse atmosphère de la salle eût
fait partir les mots plus rapides et plus sonores.

Jean, assis au haut bout, restait taciturne
entre ses deux voisines : une vieille tante
qui se confectionnait des petits mélanges de
vins divers avec du sucre, et clapait bruyamment de la langue en les dégustant; une jeune
cousine, qui se mettait pourtant en frais pour
son beau cousin le marin, le frôlait de son
corps, se penchait en lui parlant, comme
pour lui offrir le rose bouquet de ses seins
demi-découverts.

A son verbiage, à son expressive panto-
mime, Jean ne répondait que de vagues paroles.

Ses regards parcouraient le cercle de fa-

mille, et chaque fois qu'ils s'arrêtaient sur
un des convives, les souvenirs en foule jail-
lissaient de sa mémoire et parfois de son
cœur.

D'ailleurs, dans le laisser-aller de cette fin
de dîner, les attitudes et les faces étaient
sincères : les traits et les membres, détendus
par la lassitude heureuse des digestions,
donnaient l'impression vraie de chaque indi-
vidualité, en modelaient l'âme.

Au milieu, son père trônait, ruisselant
d'ors et de joie. Sanglé, congestionné, la
rosette rouge éclatant parmi les rubans de
ses croix, il lançait des phrases nerveuses.

L'ambitieuse volonté que possédait cet
homme ! Jean se souvenait des mots en-
tendus dans son enfance et non compris
alors : l'*Officiel* feuilleté fiévreusement, et
des exclamations, des jurons, devant les
nominations des camarades. Et cet annuaire,
cette bible du foyer paternel, corné et sali,
dans lequel on lui avait fait apprendre ses
premières lettres !

Et les labeurs interminables, les mémoires,

les projets, établis à grand renfort de bouquins et de revues multicolores.

Sa mère, prise dans l'engrenage, s'intéressait à ses travaux, à ce prurit d'avancement. — As-tu été au ministère ? — As-tu été au journal ? — As-tu vu un tel ? Comme il en avait entendu, de ces questions accueillant les retours de son père !

Et voici qu'apparaissait avec précision devant lui toute cette existence rongée à jour par l'ambition, empoisonnée par elle. Une grande pitié le prit, cette pitié des enfants qui découvrent des défauts à leur père, mêlée d'un sentiment de similitude entre cette plaie morale qui minait le colonel, et le cancer qui le rongeait lui-même...

A côté de son père, riait joliment, à toutes dents, sa belle-sœur, la maîtresse de la maison. Elle coquetait, lançait ses regards bleu-mouillé à tous, sans songer à mal, enfantinement. Et Jean pensa que son frère devait être bien heureux de posséder une telle femme, mettant chacun à l'aise, rieuse, exubérante et folle, sachant pourtant sur-

veiller d'un rapide coup d'œil la belle ordonnance de la table et la correction du service.
Oui, c'était un heureux de la vie, son frère
Georges ; il avait fondé une famille, il vivrait
de longues années, abandonnant le soir les
soucis de son artistique labeur — il était
joaillier — pour trouver entre sa femme et
sa fille le bon repos, agrémenté de lecture,
de musique ou coupé de théâtre. Et il le regarda sans envie, mais affreusement triste de
ce bonheur si proche.

Au lieu de la rayonnante figure qu'il s'attendait à voir, ses regards rencontrèrent un
visage contracté, cherchant en vain à dissimuler de l'inquiétude : la bouche entr'ouverte
disait l'attention épiante, les yeux de souffrance, sous les sourcils contractés, sup-
pliaient anxieusement.

Jean, stupéfié, cherchait quel drame intime
se devait dérouler à cette table. Mais un mouvement se produisit, et cérémonieusement,
les hommes offrirent leur bras aux femmes
pour passer au salon, puis s'éclipsèrent au
fumoir.

Là, ce fut au bout de cinq minutes une
tabagie à l'atmosphère bleuàtre, où de gras
propos s'échangeaient au milieu de rires
débraillés. Une détente, après ces deux
heures passées auprès des femmes dans une
tenue correcte, invitait ces hommes aux paroles salées, aux jurons libres de la rue.

Une fenêtre, ouverte sur le balcon, amenait la fraîcheur des nuits de mars. Mais nul
n'en profitait, et tous continuaient de humer
la chartreuse, la tête renversée d'un coup
sec pour vider le verre, et de fumer en écou-
tant les histoires du colonel, accoudé à la
cheminée.

Jean, la tête et les mains brûlantes, gagna
le balcon, pour s'y baigner dans le frais du
soir. A son grand étonnement, il y trouva son
frère :

— C'est toi, Jean ?

La voix, étranglée, semblait filer vite dans
la gorge serrée comme pour ne pas laisser
passer les sanglots pressants.

— Mais oui, mon Georges, c'est moi; qu'y
a-t-il ?

Un silence se fit, qui leur semblait inter-
minable à tous deux. En bas, la rumeur de la
foule, le flot de voitures du boulevard, l'éclat
des devantures, tout disait l'animation
joyeuse de la vie.

Georges avait pris la main de son frère, et
tout bas, comme honteusement :

— C'est stupide, c'est ridicule, ce que je
vais te dire, mais toi, tu ne riras pas, tu me
comprendras peut-être. Enfin, je puis tout te
confier, mon plus vieil ami. Eh bien ! je
souffre, je souffre comme tu ne peux pas
t'imaginer. D'un mot : je suis jaloux. Bien
sûr, tu ne peux pas concevoir le supplice que
c'est. Figure-toi qu'à tous les instants, ma
vie est empoisonnée de soupçons. Suis-je au
théâtre, en promenade, partout, les regards
qu'on jette à ma femme sont comme autant
de coups d'aiguille dans mon cœur. Au bal,
je suis jaloux de son danseur, à dîner, de son
voisin. J'ai de folles envies de les souffleter,
rien que pour leur rire niais et leur air fat.
Je suis jaloux de tout ce qu'elle aime, mon
pauvre vieux : de ses amies du cours qu'elle

voit encore, de toutes ses relations anté-
rieures à son mariage. Je suis jaloux — c'est
fou — de son confesseur, jaloux de son
passé, de ce détestable passé qu'on ne peut
jamais connaître, dont il ne reste que des
images, des fleurs séchées, des vieux rubans,
où ma cervelle malade cherche le souvenir du
petit cousin trop entreprenant ou du flirt trop
hardi. Ah ! plains-moi, car cela ronge ma
vie, bien sûr, et sans guérison possible.

Tiens, ce soir à dîner, j'avais envie de me
lever, de bondir jusqu'à ton ami Blondel, le
gifler à tour de bras, et lui crier dans le nez
que ni l'assurance bête de ses regards, ni sa
préciosité de parleur constipé, ni rien enfin
de ses airs de paon gorgé d'amour, n'en im-
posaient à personne ici.

Et puis, quoi ? Je me trompais sans doute,
toujours leurré par cette atroce jalousie,
dont je me défie au moment même où je
l'éprouve.

J'ai cru qu'il plantait ses yeux dans ceux
de Jane : peut-être ne regardait-il que la
broche de son corsage !

Car telle est la vraie torture et la vraie plaie : s'égarer parmi les doutes, s'empoisonner de soupçons, ne donner en pâture à l'effroyable maladie que des apparences et des mensonges.

Je sens qu'un obscur travail s'opère en moi et je me demande parfois si j'aime Jane de la même façon qu'aux premiers jours ou si, parasite monstrueux de l'amour, la jalousie n'en prend pas la place.

Mais, tiens, pour te prouver que c'est une gangrène qui corrompt tout, si je te disais que quand père embrasse Jane, j'ai mal, oui, j'ai mal, et je voudrais l'empêcher : tu vois ?

— Mon pauvre Georges, dit Jean, lui étreignant les mains.

Son propre souci l'aidait à compatir à celui de son frère.

Une longue minute, tous deux restèrent silencieux, les yeux attendris, unis dans la communion de leurs maux.

L'un et l'autre, victimes du destin, ils mettaient le même soin à cacher à tous la plaie dont ils souffraient.

Et nul ne l'eût soupçonné à les voir,
grands et forts, leurs mâles visages pareils,
penchés sur la ruée grondante du boulevard,
qui roulait parmi les lumières.

Mais Jane entre-bâilla la porte du fumoir :

— Ces dames vous réclament, messieurs.

Aussitôt, les cigares et les rires éteints,
tous rentrèrent gravement dans le salon.

La soirée s'écoula pareille à tant d'autres,
lavée de thé tiède et saupoudrée de mono-
logues : banale, sans doute, mais attendris-
sante ou grotesque, selon l'optique de chacun.

Un oncle de Jean, après s'être fait longuement prier, vint chanter avec sa fille; et
tandis qu'il tonitruait, dans les profondeurs
de sa barbe, l'air de *Mignon* :

As-tu souffert.....

sa fille, une gamine de huit ans, lançait
d'une voix aigre comme un jus de citron :

Oui, j'ai souffert.....

Leur succès fut très vif, chacun affectant de
goûter fort la grande musique, quoiqu'il n'en

fût rien; et l'oncle Adolphe lapait les bravos,
en homme avide de gloire et d'encens. La
gloire! comme il la courtisait, depuis tantôt
vingt ans que Jean entendait parler des gé-
niales inventions de l'oncle : successivement
il avait trouvé la bouteille sans bouchon, la
boite sans couvercle, la bague sans soudure
et l'eau-de-vie sans alcool ; autant de mer-
veilles, sources de millions qu'on allait
bientôt voir jaillir et s'épandre en éblouis-
santes coulées. En attendant, il quêtait ici un
dîner, là une journée de campagne, n'ayant
pour tout trésor que celui de ses illusions.
Partout il traînait sa fille, et laissait sa
femme au logis, pauvre victime condamnée à
une migraine aussi perpétuelle qu'imagi-
naire, et qui, en réalité, ne sortait pas...
faute de toilette.

A ces souvenirs, Jean s'apitoyait sur ce
malheureux, aigri par ce qu'il appelait ses
déboires, et qui partout croyait voir des
coups d'œil moqueurs s'attacher aux bâille-
ments de sa chaussure ou à l'ombre noire
de son linge effilé.

— Encore un malade, pensa Jean ; un sensitif, dont la pauvreté en chapeau haut de forme s'irrite secrètement au contact de l'aisance et du bonheur.

Il fut interrompu dans sa rêverie par les éclats de voix d'un de ses cousins, qui clamait un lugubre monologue en accompagnant son récit de gestes tragiques et encombrants.

Bien que triste, Jean se sentit gagné, à le voir, par un petit rire qui lui chatouilla le coin des lèvres, et qu'il eut grand peine à retenir.

Ce cousin avait un visage hilarant ; tout, son nez retroussé à la Coquelin, ses gros yeux bleus à fleur de tête, sa bouche lippue et sa lèvre imberbe, tout invitait à la gaîté dans sa figure. Aussi le priait-on pour quelque récit, afin de rire ; mais le cousin de se lever et gravement : « Je ne dis que le triste ». Et il le faisait comme il le disait, sans plus tarder. Sa mère se penchait alors vers ses voisines : « Dire qu'il me fait toujours pleurer ! » Et elle pleurait, dès le

deuxième alexandrin, elle pleurait de douces
larmes, heureuse d'être attendrie par la voix
de son fils.

— Va-t-elle pleurer ? se demanda Jean.

Avec le coin d'un fin mouchoir, elle commença en effet d'essuyer ses paupières, mais
si légèrement, avec un tel soin de ne point
effleurer son visage, de n'y point laisser
couler de larmes, que Jean ajouta en lui-
même :

— Tiens, tiens, nous nous fardons, maintenant.

C'était vrai : les sourcils renforcés et
rejoints au crayon noir, les cils passés au
fusain, la lèvre rougie, la joue empâtée de
blanc et de rose, donnaient au visage cette
saveur de chose peinte dont on se moque
tout en en subissant le trouble attrait.

Pauvre femme ! voici qu'elle connaissait
l'angoisse sans trêve de vieillir ; et comme elle
en devait souffrir, pour braver ainsi le ridicule afin de prolonger la lutte quelque temps
encore !

Elle avait su les alertes vaines, les peurs

folles qui collent anxieusement le visage à la glace ; puis les signes qu'on sent, mais qu'on dissimule encore : la dent qui se creuse, la fatigue qui prend à l'étape où hier encore on était dispos ; enfin, ce que verront les bonnes amies : le premier cheveu gris, la première ride au coin de l'œil, la peau qui se boursoufle et se fendille... et on se teint, et on se peint, et on se raidit contre l'invincible...

Ah ! misères, petites misères sans nombre que disait ce pauvre visage maquillé ; peines de toutes les secondes, tombant comme les gouttes d'une pluie glacée sur toutes les joies de la vie, désormais gâchées !

Avec effroi, Jean parcourait le cercle de famille assemblé de ce salon : chacun, dans la béatitude de la digestion, écoutait d'un air patient le terrible cousin ; mais à la distraction des regards, on voyait que beaucoup suivaient le vol de leurs pensées.

Assise au piano, une de ses tantes regardait le clavier sans le voir ; et Jean se souvint qu'elle souffrait d'une maladie restée pour lui longtemps mystérieuse, dont on parlait tout bas, et qu'elle avait contractée à la naissance de son fils : et elle avait supporté sa vie amoindrie, coupée de continuels alitements, sans s'insurger, esclave soumise de son ventre douloureux !

Plus loin, Jean aperçut une autre parente qui gobait des petites pilules en cachette ; il lui revint qu'à table, elle hachait sa viande en pâtée menue, mangeait lentement les rares mets qu'elle pouvait prendre, toute au culte de son estomac malade.

Ainsi donc — au moins Jean le croyait-il, dans sa clairvoyance maladive, — tous étaient victimes de ces infirmités du corps ou du cœur dont l'oubli n'est qu'exception, dont la hantise vient troubler tout repos et toute joie !

Devant la faiblesse de ces malheureux, abandonnés sans défense à l'obsession de leur terreur, une pitié, jaillie des sources profondes de son être, se répandait en même temps sur lui-même et sur les siens.

Être aimé de tous ! Être bon pour tous !

Tel lui semblait le seul adoucissement possible à l'âcreté de toutes ces plaies saignantes.

Et dans son attendrissement sur tant de misères, la charité d'être à être, la bonne charité lui apparaissait, lumineuse et calmante, planant sur tous les hommes, comme la tiède caresse d'un beau ciel pur.

SIXIÈME TABLEAU

Villégiature

— Monsieur Jean, roquez mon mari, très fort !

— Vous permettez, monsieur Francesco ?

— Puisque ça fait plaisir à ma femme !

— Vous savez, si vous envoyez *ballader* papa trop loin, il en profitera pour ne pas revenir.

Mais un groupe de jeunes filles et de jeunes hommes, bras levés, maillets en l'air, clama dans tous les tons :

— Ah ! non, non, pas de conseils ; n'influencez pas le joueur ! c'est défendu.

Jean, vêtu de flanelle blanche, attendit, indécis et souriant, que cette effervescence fût calmée. Puis il mit soigneusement les deux boules au contact, posa le pied sur la sienne, et relevant son maillet d'un geste rapide, envoya dans les massifs celle de son adversaire, au milieu des clameurs de joie et des hurlements de désespoir des joueurs en délire.

Chez Mme Francesco, on avait la passion du croquet, qu'on préférait aux jeux anglais, disgracieux et brutaux.

Car le croquet n'est pas anglais. Mais, comme toute invention bien française, il a dû faire son petit tour d'Angleterre, y acquérir le vernis britannique, avant d'être goûté en France.

Cet amour du croquet avait les conséquences les plus baroques. C'est ainsi qu'on put voir un jour les deux camps, les Bleus et les Rouges, se bouder tout un déjeuner, et quitter la table avant le dessert pour continuer la partie interrompue.

D'autres fois, les paysans, rentrant chez eux

le soir, avaient aperçu avec ébahissement
des ombres s'agiter parmi des lumières, sur
la pelouse du château : c'étaient les joueurs
qui, surpris par la nuit, s'étaient armés de
bougies pour suivre les évolutions de leurs
boules.

D'ailleurs, cette passion s'expliquait en
songeant au nombre restreint de distractions
qu'offre la vie du château, et à l'attrait que
devait exercer une si simple occupation sur
tous les cerveaux surmenés, qui venaient là
se mettre au vert une quinzaine.

Tel était en effet le laps de temps que sé-
journait chaque série d'invités. Un flot chassait l'autre, et l'habitation des Francesco
bourdonnait toujours dans le tourbillon de ce
perpétuel ressac.

Tous les quinze jours, partants et restants,
dans un débraillé plein de recherche, emplissaient la petite gare de Sermizelles d'un pa-
pillotement de couleurs claires.

C'étaient des effusions, des promesses
de se revoir aux premières sensationnelles
du prochain hiver, des adieux déchirants

jetés au milieu de l'agitation des mouchoirs.

Puis les restants remontaient en mail et s'empressaient de dauber sur les partants.

Nul doute, d'ailleurs, qu'au même instant, le wagon ne rendît la pareille à la voiture.

Tous ces gens — peintres, sculpteurs, écrivains — chez qui l'esprit d'observation se trouvait démesurément développé, n'usaient de cette précieuse faculté que pour abîmer leurs semblables.

Cette attitude stupéfiait Jean, qui roulait chaque jour de désillusions en désillusions.

Le matin même, il avait accompagné jusqu'à la gare Hélène et Alma Francesco qui allaient y chercher en mail des visiteurs de marque. « Le Musée Grévin en tournée », disait l'irrévérencieux Francesco en prenant en main les quatre paires de rênes.

Malgré ses déceptions des jours précédents, Jean se réjouissait encore de voir de près, d'écouter ces gens qui encombraient la rue du tam-tam de leur nom, et dont il se remémorait les œuvres toujours intéressantes et parfois admirables.

Juché sur le siège entre ses deux compagnons, grisé de fraîches senteurs matinales, le visage cinglé d'air pur et parfois d'une branche trempée de rosée, Jean s'avouait presque heureux.

Il se trouvait dans cette période que connaissent tous les malades, où l'espoir l'emporte dans la balance du doute, où le « si ce n'était pas vrai? » prend le sens consolant d'une affirmation.

Cette vie heureuse et confortable, au milieu des campagnes, lui rendait le calme et jusqu'à l'apparence de la santé. Il se reprenait à espérer, de toute la force de sa volonté de vivre, et de subites angoisses ne venaient troubler sa quiétude qu'à de rares intervalles.

Arrivé devant la gare, Francesco fit volter superbement son attelage, et déclara en jetant ses rênes à un gamin :

— Décidément, la plus belle conquête de l'homme, c'est le mail-coach!

Puis tous trois se précipitèrent sur le quai, le train entrant en gare.

— Où sont-ils ? demanda Jean, les jambes molles d'impatience.

— Mais là, simple créature, répondit Francesco, indiquant du doigt un compartiment marqué « loué ». Il y a des gens dont c'est la spécialité d'être Fumeurs, d'autres d'être Dames Seules. Eux leur spécialité c'est d'être Loués... par tous ceux qui ne les éreintent pas!

Mais Jean n'écoutait plus les calembours de son ami, il était déjà à la portière, s'empressait d'ouvrir. Un vieillard descendait péniblement, encore coiffé d'une petite calotte de voyage.

Francesco présenta :

— Cher maître, monsieur Jean Nèvre, lieutenant de vaisseau.

— Monsieur Henri Bartès.

C'était un des potentats de la critique. Il n'aimait que la comédie forte et cruelle, et n'avait jamais pu entendre un vaudeville en entier : ce qui gênait fort les lecteurs de ses compte rendus. On disait tout bas que cette attitude facilitait son travail, qu'il lui suffisait de connaître la couleur d'une pièce pour se pâmer devant ou piétiner dessus. Mais il y a tant de méchantes langues.

N'importe, dans l'esprit public, c'était un lutteur; et Jean se le représentait ainsi, la face énergique et les épaules larges.

Or, c'était un vieillard à l'œil éteint, la barbe et les cheveux d'un gris jaunâtre tombant sur une redingote pelliculeuse.

Mais qui n'est victime de cet éternel mirage? Il eût suffi, pour songer qu'il n'était plus bien jeune, d'évoquer ce fils de trente ans qui se tenait à ses côtés, grave et correct, à la fois député, philosophe, journaliste et poète, prototype de ces jeunes ambitieux aux souplesses de clown, dont le réel talent brille par mille facettes, comme le diamant ou le caillou du Rhin.

Comme Jean restait indécis, ne sachant s'il fallait saluer en lui le politicien ou le rhétoricien, le chroniqueur ou le rimeur, Francesco lui présenta encore :

— Monsieur Romain Ballier.

Et cette fois, Jean fut agréablement surpris.

Il entendait depuis si longtemps proclamer le
nom du sculpteur, son influence sur l'évolu-
tion de l'art était si unanimement reconnue,
qu'il s'attendait à trouver en lui un homme
usé par les luttes et les années. Au contraire,
Romain Ballier paraissait quarante ans à
peine; dès l'abord, toute sa personne plaisait.

Jean, muet jusqu'alors, trouvait, pour lui
peindre son admiration, des mots abondants
et chaleureux.

Ils causaient encore, quant Francesco leur
cria du haut de son siège :

— Voulez-vous avoir l'obligeance d'aider
Monsieur Bartès à monter jusqu'ici ?

Tous deux hissèrent le critique sur l'impé-
riale. Il les remercia, expliquant :

— C'est plus haut qu'un fauteuil d'or-
chestre !

Au moment de monter à son tour, Jean
s'aperçut seulement que Léon Bartès, le député — le Camé-Léon, comme disait l'incorri-
gible Francesco — était accompagné de sa
jeune femme. Il voulut leur céder le pas à

tous deux, mais ils refusèrent énergiquement,
décidés de rester dans l'intérieur.

— Laissez donc, souffla le sculpteur à Jean ;
ils sont mariés depuis trois mois.

Le mail s'ébranla ; pendant une lieue, la
route montait, descendait, dans la houle monotone des vignes.

Ballier interrogeait Jean sur les invités
récemment partis, sur ceux qui se trouvaient
encore au château.

Jean cita parmi ces derniers le comédien
Fayet, Armandie l'auteur dramatique, Raynal
l'architecte, d'autres encore.

Ballier, d'un mot toujours juste mais toujours mordant, faisait saillir leur véritable
physionomie, comme d'un coup de pouce en
pleine glaise, il eût donné la ressemblance à
quelque buste ébauché.

A côté d'eux, le vieux Bartès approuvait de
la tête et gloussait dans sa barbe jaune.

A un détour de route, le paysage changea
brusquement ; un frais vallon s'ouvrait. Au
seuil, des sapins se miraient dans l'eau noire
d'un petit lac ; puis une pelouse s'étendait,

semée de corbeilles de fleurs, et tout au fond, dans un cadre de verdure, éclatait la tache blanche du château, vaste comme un hôtel et gracieux comme une chapelle.

Cette vue sembla plonger le critique dans la joie :

— A quelle heure déjeune-t-on? demanda-t-il.

Son souci s'expliqua bientôt : il avait un formidable coup de fourchette.

Aussi Jean ne le voyait pas sans inquiétude s'actionner maintenant au croquet, laisser cuire au soleil son crâne rougeâtre, et promener son ventre maladroit dans le dédale des arceaux.

— Il va attraper une insolation, dit-il au sculpteur dont il aimait le verbe incisif et dont il subissait le charme attirant.

— Bah! fit Ballier, laissez-le donc s'amuser; cela lui arrive si rarement, à lui comme aux autres, d'ailleurs.

— Allons donc! interrompit Jean.

— Mais certainement. Voyez-vous, on devrait écrire sur une grande banderole, tendue au-dessus de cette pelouse : « Au Paradis des Artistes. »

On n'y reçoit que le *Petit Journal;* nous sommes dans la morte saison du Papier, de la Toile et de la Pierre ; enfin, ici, chaque rayon du comptoir d'art n'est représenté que par un seul échantillon.

Toutes ces raisons font qu'on y vit éloigné du triple souci de critique, de vente et de rivalité, souci qui vous happe au retour, pour ne vous lâcher qu'au prochain départ.

— Mais, objecta Jean, les artistes ont des joies profondes.

— Des joies, non : des jouissances. Et encore ne sont-elles pas pures. Vous avez déjà vu dans les vitrines des antiquaires ces étoffes qui chatoyent l'œil, brillantes et dorées ; on s'approche : elles sont rongées par places.

Les ménagères disent qu'elles sont *mangées des vers.* Eh, bien ! les jouissances de tous ces gens que vous voyez ici sont mangées des vers.

Et d'ailleurs, je vous répète là ce que vous

avez dû lire cent fois. Tout l'inédit pour vous consiste peut-être à l'entendre dire par quelqu'un du métier.

— Mais il y a des exceptions...

— Où les prenez-vous? Citez-moi un nom : je le classerai nécessairement parmi ceux des ambitieux, au sens étroit du mot, ou ceux des véritables épris d'art.

Pour les premiers, souvenez-vous qu'il n'est pas de grade suprême dans la hiérarchie des honneurs inventés ; chaque échelon atteint n'est qu'un moyen de parvenir au suivant.

Tous ces fous me paraissent gravir une montagne au sommet invisible, se talonnant les uns les autres, mesurant de l'œil leur mutuelle distance ; les uns halètent, les autres s'asseyent au bord de la route ; il y en a qui crachent le sang, il y en a qui crèvent ; aucun ne songe à jouir du paysage !

— Monsieur Ballier, c'est à vous à jouer.

— Voilà, voilà, Mademoiselle.

— Voyez-vous, Monsieur Ballier, expli-

quait Hélène Francesco, il faut faire Monsieur Bartès *rover*.

— Je vais tâcher, Mademoiselle.

Et s'appliquant visiblement, le sculpteur
frappa sa boule d'un coup sec.

— Oh ! s'écria Hélène Francesco avec une
mimique de jolie Polichinelle, il s'en est fallu
d'un poil de grenouille !

Ballier vint rejoindre Jean. Tous deux
s'enfoncèrent dans le parc qui bordait la
pelouse.

— Me voici quitte pour un quart d'heure,
dit le sculpteur. Eh bien ! vous me semblez
tout décontenancé.

— Vos théories m'attristent ; si peu que
j'aie écrit en mer et dans mes longues stations aux Colonies, j'ai pu entrevoir pour
l'artiste de larges satisfactions : sa pensée
exactement modelée par la phrase, puis
diffusée dans la foule, établissant entre elle
et lui un courant d'intelligente sympathie...

— Ah ! vous voici au second cas, interrompit Ballier ; vous parlez du convaincu, pure-
ment épris d'art. Je le connais, croyez-moi,

au moins autant que vous-même. Certes, il
aurait des joies surhumaines, sans l'abîme
qui sépare la conception de l'exécution. Mais
son impuissance à le franchir est précisément
la source de son martyre.

Il s'animait, abattant des feuilles à coups
de badine.

— Enserrer le rêve adorable et facile, mais
le rêve indécis, en des lignes précises !

Le captiver vivant, ailes battantes, et l'en-
cager vivant sans qu'il en meure !

Impossibilité dont la constatation, à toute
heure renouvelée, ronge comme un mal
physique.

Je sais ce que je veux, et je ne le peux
pas !

Tenez, un Russe m'offrit, il y a deux ans,
cinquante mille francs d'une statuette dont
je serais *absolument* content ; il attend
encore.

Et je ne vous ai pas parlé de la Critique,
de ses coups d'aiguille en plein cœur, de ce
sentiment écrasant de l'injuste qu'on éprouve
à la lire, de cette douleur de mère à voir

éclabousser de rires la chère chose si longtemps portée en nous !

Et sachez que — quoi qu'on prétende —
on ne s'endurcit jamais contre ses atteintes.

Tout au plus peut-on chercher à les igno-
rer, sans pouvoir éviter, devant un journal
fermé, l'anxieuse pensée qu'on y fouaille
peut-être jusqu'à votre vie privée.

Oui, je vous accorde de bons moments
quand l'expression se hausse au niveau de
l'idée ou qu'une louange vient frapper
juste... Mais la trame de ces joies n'est pas
continue ; elle est trouée bien vite. Je vous
le disais : elle est rongée aux vers !

Ils étaient revenus parmi les joueurs.
Jean, que son mal poussait à s'inquiéter de
celui d'autrui, restait sous la pénible impression de l'aveu du sculpteur.

— Tenez, lui dit celui-ci, regardez devant
vous : le vieux Bartès vise à une académie ;
son fils rêve vaguement aux cinq.

Dès qu'Armandie et Fayet causent ensemble, c'est pour piétiner la Comédie-Fran-
çaise : cela prouve qu'ils grillent l'un et

l'autre d'en couvrir l'affiche et d'en emplir la
salle.

— Et M. Francesco? demanda Jean.

— Oh! lui, c'est un pur artiste. Il se con-
tente de briser un buste, de temps à autre, à
la veille de l'achever.

Mais sa femme a pris toute l'ambition du
ménage. C'est elle qui tente la décevante
ascension de la montagne aux honneurs.

Hier, elle atteignit la rosette d'officier; il
lui faut l'Institut pour demain.

Vous le voyez, tous portent en eux l'amertume d'un mal secret. Et, chose curieuse, au
lieu d'essayer de dulcifier leur plaie, de s'aimer un peu, sinon de s'entr'aider, ils sont
d'un égoïsme féroce dans la lutte.

Ils ont l'air, avec leurs courtoises ma-
nières, d'amateurs d'escrime qui feraient as-
saut à fleuret démoucheté. Ils se font de
beaux saluts à bras arrondis, parent avec
grâce, ramassent eux-mêmes l'épée qu'ils ont
fait tomber, puis soudain, ils allongent le
bras : Touché! Ça saigne!

— C'est vrai, dit Jean qui trouvait dans

ces paroles l'écho de ses propres pensées;
nous serions plus sains si nous étions meilleurs. Les êtres de bonté répandent comme
un doux apaisement de caresse autour d'eux.
Voyez Mlle Hélène; elle est toute de gaîté,
d'inconscience amusante et candide.

Eh bien! ne trouvez-vous pas que sa grâce
et sa jeunesse pétillent comme un feu clair
dont s'illuminent les fronts moroses?

Vous souriez? C'est vrai, j'ai pour elle
l'admiration détachée du passant pour un
objet d'art aperçu dans une vitrine, ou mieux
encore — pardonnez-moi la trivialité de la
comparaison — d'un homme de cheval pour
une jolie bête de race, brillante de robe et
d'allure, fine d'attaches, et piaffante, et hen-
nissante.

— Holà! holà! mon cher, ne vous embal-
lez pas si vite. Tenez, je ne vous connais pas
beaucoup, bien que nous causions depuis
une heure à cœur ouvert ; mais je vous connais depuis longtemps, car j'ai eu le plaisir
d'applaudir de très jolis vers de vous chez
Mme Francesco, cet hiver. Permettez-moi

7

donc un conseil, au nom de cette vieille amitié et de la douzaine d'années que j'ai de plus
que vous : laissez toujours, entre l'objet de
votre admiration actuelle et vous, la glace de
la vitrine ou la barrière du box, comme vous
voudrez; n'allez pas, oiseau de mer que vous
êtes, vous briser les ailes comme les mouet-
tes à la lumière du phare!

Hélène Francesco est une coquette frivole,
et rien de plus. Sévèrement élevée par sa
mère, elle fut jetée dans le monde, il y a deux
ans, brusquement. Elle y fut éblouie de son
propre éclat. Ravie de son pouvoir, elle en
abusa vite, en vertu de cette inconscience
même que vous admiriez tout à l'heure. Aujourd'hui, elle traîne dans son sillage une
demi-douzaine de danseurs, des jeunes gens
de robe, de lettres et d'épée, tous affolés
d'elle, et qu'elle sait habilement, dans les
apartés faciles de la valse ou du buffet...
tenir en haleine.

Je vous en parle savamment, moi qui depuis deux ans assiste à toutes les soirées de
Mᵐᵉ Francesco.

— Oui, en vieil ami de la maison, souligna railleusement Jean, subitement irrité.

—Prenez ma morale comme vous voudrez. Je vous assure que ce n'est pas le coup de fleuret démoucheté dont je vous parlais tout à l'heure. C'est le mouvement bien naturel d'écarter du précipice un homme qui va s'y laisser choir.

Ne vous épuisez pas en flirts décevants. Savez-vous ce que je risquerais, si j'étais à votre place? je ferais la cour à la mère !

— Merci, dit Jean ; j'ai ma maîtresse à Paris.

— Oui, mais les voyages coûtent cher !

— Quelle sollicitude ! après la vie, la bourse ! Je vous en prie, restons-en là : je suis obscur et pauvre ; les dames Francesco possèdent un grand nom et une grande fortune ; je leur ai beaucoup de gratitude de la bonté de leur accueil. Vous comprendrez qu'il me serait pénible de les entendre plus longtemps maltraiter.

— A votre aise, Don Quichotte : sans rancune ?

Ils se séparèrent froidement. Le soir tombait. Dans le ciel vert, plein de lumière encore, une seule étoile clignotait.

Jean remontait, rêveur, vers le château où les grondements du gong annonçaient le dîner.

Aimer! Bien sincèrement, il n'y pensait plus, ayant rayé de sa problématique existence tout durable projet.

Mais voici qu'un regret montait dans la mélancolie de sa pensée, comme la petite étoile dans le pâle ciel du soir; un regret comme mêlé d'un désir : tendre les paumes de ses mains brûlantes, et ses lèvres desséchées, et tout son être enfiévré, à la fraîche rosée d'amour.

SEPTIÈME TABLEAU

Le Charme

— Hop ! Hop ! là !

Et la vieille paysanne, rangée à cet appel,
vit passer tout contre elle, dans un tourbillon
de poussière et un bruit de galopade, une
charrette anglaise, panneaux vernissés, fer-
rures brillantes, et tout emplie de toilettes
claires.

A peine la vieille s'était-elle remise en
marche qu'elle dut se garer à nouveau, avertie
cette fois par une sonnerie de trompe. Et un
mail, verni et brillant comme la charrette et,

comme elle, débordant de toilettes multicolores, roula dans un tonnerre.

On connaissait bien ces deux voitures-là dans le pays. On disait en parlant du mail « l'omnibus de Monsieur Francesco ». Et c'était un vrai plaisir, comme un peu de soleil qui vous glissait au cœur de voir passer Mlle Hélène sous son grand chapeau rose, conduisant toute seule sa charrette.

Souvent aussi, les deux voitures transportant toute la maisonnée jusqu'aux châteaux voisins, couraient ensemble sur les routes.

Cette fois-ci, on excursionnait à Vézelay.

Tout au bout du ruban blanc déroulé parmi les terres, la colline abrupte où s'accrochait la vieille ville surgissait de l'horizon des plaines, allongeait dans le ciel tout pâli de chaleur la flèche aiguë de sa cathédrale.

La jeunesse s'était empilée dans la charrette. En arrière, le couple Bartès se respirait tendrement. Sur le devant, Hélène Francesco conduisait; son frère, debout, claquait du fouet et haranguait le cheval pour le faire *allonger*; Jean, un peu las de cette

exubérance de vie, regardait en silence fuir
la campagne monotone, qui flambait sous le
soleil.

Il descendait en lui, s'interrogeait. C'était
chez lui une habitude contractée pendant ses
longues périodes d'isolement, développée
par son goût si ardent de la vie, qui le portait à analyser chacune de ses impressions,
minutieusement, comme pour en garder plus
longtemps la saveur ; et sa peur de mourir,
irritant son désir de vivre, était venue encore
exagérer ce penchant.

Or, il se trouvait en ce moment très calme.

Chose singulière, ce calme d'âme lui donnait la même impression que d'inquiétantes
accalmies des choses, traversées au cours de
sa carrière de marin : parfois, la mer écrasée
sous un ciel d'encre, comme épaissie, roulait une houle morte, blanchie par places
d'une écume qui semblait monter de tem-
pêtes profondes.

D'autres fois, il avait traversé d'obscures
forêts des Indes, dans un lourd, un étrange
silence de tous les êtres, une immobilité des

choses, où le bruit d'une branche cassée le
faisait tressaillir.

Mais ce calme effrayant était toujours pré-
curseur de l'orage ; et Jean n'écoutait son
âme apaisée que dans l'anxiété de la tempête prochaine.

Mais il en percevait clairement les espoirs
et les transes.

En premier lieu, depuis la boutade — il
disait la calomnie — du sculpteur Ballier, il
s'avouait invinciblement attiré, corps et
âme, vers Hélène Francesco : présente, il
fallait qu'il la regardât ; absente, elle absor-
bait peu à peu ses pensées. D'ailleurs, il sentait que la volonté de la jeune fille n'était
pas étrangère à cette attraction, sans pouvoir
toutefois discerner s'il y avait de sa part coquetterie ou petite lueur d'affection.

A côté de l'attirance de ce charme, les
obstacles qui le devaient rompre lui apparaissaient également précis. Toute sa peur
était qu'au lieu d'en briser l'impétuosité, ils
ne la rendissent plus violente encore.

Car c'est un sentiment si humain ! Jean se

souvenait — son éducation spéculative d'éco-
lier scientifique se plaisait à ces rapproche-
ments de mouvements d'âme et de faits matériels — Jean se souvenait donc d'avoir
l'année précédente exécuté du tir en mer,
du haut d'une batterie du cap Sépé, à Toulon. Cette batterie, de libre accès, n'était
visitée par âme qui vive. Un jour, l'admi-
nistration du Génie s'avisa de l'entourer
d'une barrière. La foule s'y rua, s'écrasa
derrière, fascinée par l'écriteau qui lui inter-
disait d'aller plus loin.

Oh! ces obstacles sur lesquels la bête
s'emballe, se jette tête baissée et les reins
raidis, comme Jean les voyait nettement
surgir à l'horizon de sa pensée!

Obstacle tout-puissant, la mort lui apparaissait; l'horrible mort dont la hantise le
jetait de l'espoir à l'abattement, empoisonnait tous les instants de sa vie.

Sa répugnance à tout ce qui pouvait lui
rappeler sa maladie l'avait détourné d'aller
voir un nouveau médecin. Il en était resté à
sa première consultation, dont les détails

précis ne venaient que trop souvent harceler sa mémoire. Pour la même raison, il ne suivait aucune médication, qui n'eût été d'ailleurs que palliative. Son état demeurant stationnaire, il lui semblait que le mal rampait, prenait ses positions pour se déchaîner subitement un jour, terrible.

Et cette attente de l'action décisive étouffait tous ses espoirs, tous ses projets, dès qu'ils naissaient.

Aux heures d'apaisement et de confiance, aux rares heures d'oubli, d'autres barrières avaient encore surgi.

Obstacle, cette disproportion de fortune entre la famille Francesco et la sienne, obstacle à leur réunion — car son rêve honnête ne s'égarait point dans d'autres sentiers.

Obstacle enfin, l'ineffaçable soupçon de coquetterie, dont la perfidie de Ballier avait entaché les libres allures de la jeune fille.

Mais chaque entrave amenait sa rébellion :

Si sa vie devait être brève, pleine de tristesse, ne serait-ce point la consolation suprême qu'elle fût bercée, engourdie d'amour ;

la plus douce joie des hommes ne devait-
elle pas endormir leur plus grande douleur?

Et en supposant qu'il survive longtemps,
que son projet fou se réalise, ne sera t-il
point le premier heureux de pouvoir continuer d'entourer sa femme — oh! sa femme!
— du luxe auquel elle était naturellement
habituée?

Enfin cette fameuse coquetterie, n'était-ce
point le débordement irraisonné d'un petit
cœur aimant, qu'on pourrait transformer en
chaude et caressante affection!

Tels lui apparaissaient dans une troublante
lucidité, parmi la tristesse et l'attrait de leur
impossibilité, ces prémices d'amour.

Maintenant, les voitures montaient la
route qui contournait la colline.

Alma Francesco, qui ne pouvait tenir en
place, sauta à terre. Jean, l'allure détachée,
laissa vide la place restée entre Hélène et lui;
l'apparent conflit de tous ces sentiments qui
s'agitaient en lui l'amenait à de tels enfan-
tillages :

« Je partirai demain », décidait-il parfois;
ou bien : « Je ne lui parlerai pas de toute la
soirée. »; ou encore : « J'éviterai son voisi-
nage toute la journée ».

Résolutions aussi vite abandonnées que
prises! Car bientôt il les jugeait puériles et
tournées à l'encontre du but, puisqu'elles ne
pouvaient qu'exciter la coquetterie ou l'a-
mour naissant de la jeune fille.

Cette fois encore, il transigea vite avec lui-
même, et de tous ses yeux, il la regarda; il
croyait connaître — et il était aussi fier de
cette découverte que de celle d'un archipel
tout entier — il croyait connaître le secret
de sa beauté si diverse, si féminine, si peu
semblable à elle-même. Il avait même livré
ce secret à Mme Francesco dans un de ses rares
moments de gaîté : « Voyez-vous, votre fille
a le profil pur, oh! pur, comme tracé d'un
pinceau fin sur une lame d'ivoire; pas une
ligne n'en est hésitante. Tout y est harmonie, de nuance et de proportion. Je pense,
insinuait-il malicieusement, que M. Francesco devait souvent rêver la nuit de ces

profils-là lorsqu'il cherchait à donner une physionomie humaine à ses Déesses et ses Idéalités.

De face, c'est autre chose : c'est un visage de jolie gamine, que semblent élargir, afin d'y pouvoir tenir, deux grands yeux bruns, très conscients de leur puissance de charmeurs ; on n'y aperçoit qu'ensuite une bouche rouge qui rit toujours sur de saines dents blanches, un menton menu qui amincit le contour, l'affine en ovale de faunesse malicieuse.

Et de même qu'elle a, du profil à la face, une infinité de silhouettes différentes, elle possède toutes les physionomies, de la déesse à la faunesse.

Et voilà pourquoi votre fille est charmante ! »

Il la regardait encore, quand les voitures s'arrêtèrent sur la placette de la petite ville.

Toute la troupe se dirigea vers la cathédrale entre deux files de vieilles maisons, dont les toits, se rejoignant presque, semblaient presque vouloir isoler l'étroite rue du

reste du monde, lui conserver l'aspect et jusqu'à l'air d'autrefois.

Devant le parvis, les visiteurs trouvèrent
une sorte de bedeau, aux chairs molles ra-
sées, l'aspect plus d'un cabotin que d'un
calotin, qui s'offrit à leur expliquer la cathédrale.

La nef était toute vide, toute nue. De
minces piliers, fléchis sous l'effort du temps
et faits de pierres alternativement claires et
foncées, s'élançaient aux voûtes; d'autres
plus trapus, composés de plusieurs co-
lonnes réunies, semblaient leur venir en
aide. Ils étaient surmontés de chapiteaux
pour la plupart naïvement obscènes; et le
sacristain paillard les signalait à l'attention
de ceux qu'il jugeait friands de ce genre d'ar-
chitecture.

Devant une Ève qui croquait une pomme
aux proportions de citrouille près d'Adam
armé d'un serpent, le vieux Bartès ajustait
ses lunettes et s'esclaffait.

Au pilier suivant, Fayet et Armandie exa-
minaient l'image de la Luxure, qui s'arra-

chait le flanc et tordait sept langues dans sa
bouche.

Plus loin, Ballier montrait du bout de sa
canne au sculpteur Francesco la rigide attitude de David tenant dans sa dextre le sein
de Bethsabée, femme d'Uri.

Et quand les groupes s'étaient éloignés, le
jeune couple Bartès s'approchait et riait, discrètement.

Pour Jean, ces naïvetés n'éveillaient point
en lui d'aussi immédiates curiosités. Il s'é-
tonnait surtout du progrès accompli dans
l'expression de la pensée. Il comparait ces
formes grossières, invraisemblables, avec ces
admirables bas-reliefs modernes, qui semblent de la vie même enlisée dans une base
de pierre. Et dans la phrase colorée du
chroniqueur et du romancier, dans d'artistiques procédés graphiques, partout on re-
trouvait cette heureuse exactitude de rendu
des impressions éprouvées.

« C'est ainsi, pensait Jean, que ces formes
faciles de la pensée, qui étalent, qui expli-
tent toutes les sensations, doivent ensuite en

provoquer le besoin dans les masses où le
Journal, le Livre, l'Art vulgarisé, les répandent à flots tous les jours; elles doivent y
développer ce goût actuel de jouissance qui
fait tant aimer la vie et qui — il retombait
dans son ordinaire torture — nous rend plus
peureux de la Souffrance et de la Mort. »

Mais maintenant, dès que ce mot effleurait
sa pensée, elle courait à Hélène, comme vers
un refuge. Que faisait-elle? D'abord, il avait
craint qu'elle n'entendît les gras propos du
critique devant les chapiteaux; mais elle
s'était agenouillée, près de sa mère, ainsi
qu'elle avait coutume de le faire en entrant
dans une église; Jean s'était même demandé quels vœux pouvaient bien s'envoler
de ces deux jolies têtes de mondaines : l'une,
jeune encore, vivait entourée de gens d'esprit
brillant mais de morale facile, près d'un
mari qui paraissait toujours chercher dans
les fuyants contours des nuages le secret
d'une inspiration nouvelle. L'autre, toute
novice, vivait aussi dans un peuple d'adorateurs, de danseurs experts aux menus suf-

frages des attouchements et des paroles équi-
voques. D'autres, qu'attirait moins sa ver-
deur de fruit précoce que sa colossale fortune, essayaient sans doute auprès d'elle tous
les genres de séductions possibles. Il devait
y en avoir d'humbles et de fats, de puissants
et de langoureux, de pâles et de sanguins,
meute qui courait à la proie, s'enjambant, se
mordant, le mufle en feu.

S'il avait pu les écouter, ces naïves et pro-
fanes prières, dans leur vol palpitant, vers
l'indulgence épandue dans l'infini des mon-
des !

« Faites, ô mon Dieu, que j'aie la force de
continuer d'être une honnête femme ; faites
que mon mari soit de l'Institut en octobre
prochain, et que ma petite Hélène soit toujours bien heureuse », disait l'une.

« Faites, ô mon Dieu, qu'Il m'aime et qu'Il
regarde un peu mon nouveau chapeau »,
disait l'autre.

Puis les deux femmes s'étaient relevées, et
la jeune fille restait en extase devant les coloris intenses des vieux vitraux que le soleil

de trois heures traversait de rayons rouges et violets.

Mais la voix du bedeau papelard résonna : « Par ici, Messieurs et Dames, par ici », et la troupe disséminée dans l'immense vaisseau se rassembla pour monter aux tours.

Des escaliers de meunier escaladaient les charpentes formidables, pleines de poussière et d'excréments d'oiseaux. Et dans l'enchevêtrement des poutres, toute la bande s'égrenait, s'interpellait joyeusement. Les cloches apparurent ; il y en avait une énorme et deux petites, comme une grosse poule et ses deux poussins ; quelqu'un frappa la plus grande, et cette chose massive, épaisse comme un mur, émit un son pur et clair, qui vibra longtemps, en ondes lentes.

Soudain, ce fut le jour, et chacun s'accouda au parapet.

Dans le grand silence et l'aveuglante lumière, les villages groupés s'espaçaient parmi les cultures, jusqu'aux bornes de l'horizon.

« En ce moment, sous ces toits, des êtres

naissent, d'autres meurent; des gens s'aiment sous le ciel, d'autres ont des haines tenaces; et rien dans l'air ne tressaille au souffle de ces fortes et simples passions.

Et plus près, dans la vieille cité, que de soucis et de deuils, de turpitudes et de calomnies, dans la minute présente! »

Ainsi pensait Jean. Et tout près de lui, la fine silhouette d'Hélène lui apparut, enlevée en colorations sombres sur le ciel glorieux de lumière.

Alors il songea, si impérieusement qu'il faillit le clamer à voix haute :

« Oui, l'amour, l'amour seul peut faire oublier toute l'infirmité de nos êtres. »

Mais il sentit que ce mot démonétisé, « Amour », ne rendait pas sa pensée; et songeant pour ainsi dire plus bas :

« L'amour, l'abandon à un être étranger à soi-même, le doux et continuel souci de cet autre, le repos dans son sein, l'émotion de ses émotions, voilà le baume à nos souffrances, le seul mobile plus puissant que notre intérêt, notre égoïsme, notre hostilité du

prochain. Et peu importe la forme d'amour,
le sceau dont on la couronne : Aimer ! »

Et il ne formula plus ses pensées, sentant
qu'il les amoindrirait à les vouloir enfermer
dans des mots ; mais cette jolie silhouette de
jeune fille penchée sur la balustrade de
pierre, toute rayonnante dans le bleu d'or
du ciel, donnait une forme à son rêve. Elle
était l'amour planant sur les villes, sur les
villages, sur la terre laborieuse, sur toute
cette étendue où s'accomplissait le lent travail de Mort et de Création, et c'est d'elle
que semblait irradier toute la joie du jour
plein de splendeur.

« Oui, tout nous porte l'un vers l'autre,
parce qu'elle est essentiellement féminine,
c'est-à-dire capable de tendresse et de passion, et moi, misérable, atteint aux sources
mêmes de mon existence d'homme.

Et pourtant, non, il faut résister ; ce serait
un crime... »

Toute la bande était redescendue qu'il
était encore là, rêvant devant l'immense
houle aplanie des terres bleuissantes.

Il rejoignit les visiteurs au moment même où le bedeau les engouffrait dans l'escalier des souterrains. Il suivit. Une humidité froide tombait en douche sur les épaules. Autour d'une châsse d'or, tous les visages lui apparurent, éclairés d'une chandelle qui laissait les corps plongés dans l'ombre.

Le guide ouvrit la châsse; il en tira une boîte plus petite aux parois de verre, où reposait un os bruni.

« Une côte de Sainte Madeleine », déclara-t-il de sa voix blanche.

Tous les visages s'approchèrent. Les uns crurent devoir sourire; d'autres restaient sérieux, des plis d'intérêt et presque de tristesse au coin des lèvres.

Devant le pauvre débris échoué là, après combien d'épreuves, Armandie, l'auteur, déclara :

— Une vraie Sainte, puisqu'elle partit du péché.

— L'*outsider* de la canonisation, ajouta Ballier.

— Oui, pensa Jean, une grande, une vraie

sainte, devenue sainte à force d'amour :
Sainte Madeleine, Sainte d'Amour, qui fut
bonne au Christ, qui sut adoucir d'amour
l'écrasant souci de sa vie, de sa passion prochaine et de son injuste mort...

Des chuchotements, des rires remplaçaient
dans la nuit du souterrain le recueillement
passager d'auparavant. Jean en eut bientôt
l'explication : les pèlerins qui voulaient se
marier dans l'année devaient, pour réaliser
ce vœu, passer sous le socle de pierre, évidé
en arche, de la châsse d'or. Mme Francesco
se récusa, déclarant que « cela suffisait d'une
fois ».

Les jeunes Bartès passèrent à quatre
pattes, dans l'espoir, dirent-ils, d'un recom-
mencement.

Le vieux critique crut rester pris par son
embonpoint dans la voûte étroite. On dut le
tirer par les épaules.

« Il n'avait pourtant pas besoin, dit Pallier,
de l'aide divine pour contracter de fréquents
mariages. »

D'autres s'excusèrent, ou passèrent.

Jean resta avec Hélène.

On les regardait curieusement.

Jean, qu'agitait un indestructible fond de superstition, hésitait, résistait comme s'il se fût agi d'un engagement d'honneur. Mais la jeune fille lui poussa légèrement le bras :

— Passez, dit-elle.

Alors il s'agenouilla, rampa sous la voûte. « Quoi, allait-elle maintenant se faire nettement complice de toutes ces incitations à l'amour; allait-il avoir à lutter contre elle et contre lui-même? Allait-il céder? » Son cœur bondissait d'émotion à cette seule pensée. Mais dans le passage étroit d'où il allait se dégager, une odeur humide, une odeur de cave stagnait. Et soudain, cela lui rappela l'odeur des caveaux, ce souffle froid qui monte des tombes ouvertes; et d'être là, le dos à la voûte, dans la nuit et le silence un instant retombé, parmi cette odeur de mort, il lui semblait qu'elle le réclamait, qu'elle l'enlaçait déjà; il ne respira qu'au grand jour, au grand soleil du dehors.

Sur la terrasse du cloître, ombragée de

vieux arbres et que bordait l'à-pic de la colline, un lunch avait été dressé par les soins des domestiques ; et Jean se remettait de sa frayeur au spectacle des groupes clairs tournoyant, s'agitant autour de la nappe, sur ce fond de verdure et de pierre.

Toujours, la réalité des choses produisait sur lui une réaction salutaire : il la goûtait tellement, par tant de détails, que la joie du moment lui faisait parfois oublier qu'il était malade, condamné par la science, et que le mal allait soudainement le dominer, le détruire, dès demain peut-être !

Aux deux bouts de la table, des samovars d'argent, sous lesquels brûlait une flamme pâle d'alcool, lançaient en l'air un jet de vapeur grise. Au centre, de fortes pièces découpées étalaient le rose tendre ou le rouge violent de leur chair. Et des fleurs partout égayaient la table. Tout autour, les domestiques emplissaient les coupes de champagne ; le moment vint vite où les convives les tendirent machinalement, dans l'excitation charmante de la parole et du grand air.

Tous soutenaient à leur tour des thèses paradoxales, aussitôt combattues et défendues; l'aisance des images, le tour voilé du langage auquel contraignait la présence des jeunes filles, rendaient la conversation savoureuse et piquante.

Jean se trouvait à côté d'Hélène; étant les plus jeunes, ils s'étaient assis les derniers, et le hasard — ou l'inconsciente complicité de leurs voisins — leur avait laissé deux places côte à côte.

Alors Jean se mit à regarder cette chose charmante : une jolie femme qui mange. L'envolée des doigts blancs, les saines lèvres rouges humides de mousse légère, la coquetterie de tous ces petits mouvements compliqués où disparaît vraiment la banalité de l'acte lui-même, rien ne lui échappait. Il suivait des yeux toutes les lignes de cette silhouette surprenante de grâce précise. Il la regardait sans fin, jusqu'à s'en troubler la vue, ne plus rien voir, comme on respire une fleur jusqu'à n'en plus sentir le parfum.

Mais ce spectacle même le détourna du

bien-être dans lequel il s'épanouissait, le rejeta dans l'engrenage de ses habituelles pensées : engrenage en effet, ces deux soucis inverses mais symétriques, ce désir et ce remords amoureux, s'animant d'un mouvement contraire, s'opposant dent à dent et le broyant entre elles.

« Ne serait-ce pas un crime véritable, après l'arrêt sans pitié de la science, de songer à cette jeune fille, de lui laisser deviner un amour qu'il la sentait prête à partager ? Car, en supposant l'accomplissement de ce rêve insensé, elle se créerait une vie nouvelle, complètement soudée à sa propre existence ; et il briserait tout cela, sachant à l'avance la catastrophe inévitable ? »

Mais aussi, devant ce destin impitoyable, son cœur s'insurgeait, tout son être jeune hurlait de révolte sous le joug du châtiment injuste.

« Mais était-ce vrai, seulement ? Non, ce médecin s'était trompé. Il était impossible de prévoir, à si longue échéance, la marche du mal. On avait vu des cas bien plus désespérés

se terminer en guérison. On vit vingt ans,
avec une maladie mortelle. Et puis, c'était si
bon, de s'abandonner à cette douceur fraîche, de se laisser glisser sans lutte dans cet
oubli suprême : l'Amour. »

Il continua d'être ainsi torturé, la joie des
choses le rejetant par contraste à son tour-
ment, lorsqu'elle ne parvenait plus à le lui
faire oublier. Le repas fini, chacun se dis-
persa sur la terrasse, pendant que les domestiques rapportaient à l'auberge voisine les
tables et les chaises.

Appuyés au parapet, Henri Bartès et sa
femme, épaule à épaule, se détachaient sur
l'horizon plein de poussière d'or, profond
comme un horizon de mer : on devinait que
leurs yeux perdus ne suivaient, par delà les
campagnes, que les projets qu'ils ébauchaient
tout bas.

Assise sur un banc de pierre, Mme Francesco écoutait Ballier, debout près d'elle. Il
gesticulait, agité d'une nervosité qui semblait
le travailler depuis le début de la promenade,
l'excitait à un flux de paroles et de mouve-

ments. Enfin, se promenant sous les arbres en fumant, Jules Francesco, Armandie, d'autres encore continuaient une discussion d'art. Tous avaient la chaude conviction que donnent quelques verres d'un vin généreux. Des phrases s'envolaient du fouillis des paroles.

— Tout est là : voyez ma Diane...

— Dumas m'a dit : « Mon cher, j'aurais voulu écrire cela ! »...

— Quand j'ai créé *Ruy-Blas*, à Sisteron...

Hélène et Jean se tenaient dans l'ombre du cloître. Une pierre plate, posée sur deux autres, leur servait de siège. Au-dessous de leurs têtes, une statuette de saint élevait deux doigts mystérieux, semblait écouter quelque invisible esprit.

Hélène traçait distraitement des dessins sur le sable, du bout de son ombrelle. Jean restait près d'elle, comme malgré lui, pressentant pourtant que l'orage attendu était proche ; mais il était terrassé par une force de destinée ; tout à coup, la jeune fille demanda :

— Vous viendrez souvent nous voir, cet hiver ?

Il sentit qu'il allait s'engager dans le chemin périlleux, et par une sorte de petite lâcheté, tourna la question :

— Mais cet hiver, j'aurai repris la mer, Mademoiselle.

— Oh ! votre père nous a dit que vous seriez attaché à l'Etat-Major particulier du ministre.

Il eut une lueur de joie à voir qu'elle avait retenu ce détail. Mais cette fois encore, afin de retarder l'allure décisive de l'entretien, il s'en évada par une médiocre plaisanterie :

— Le ministre d'aujourd'hui : oui. Mais celui de demain ?

Cependant la jeune fille semblait décidée à suivre son idée, comme si elle eût obéi, elle aussi, à la Fatalité qui régit et noue les destinées. Elle reprit :

— Si, il faudra venir ; maman vous invitera à tous ses bals.

Il ne se laissa pas encore entraîner dans le courant de tempête. Il y laissa tomber une petite phrase légère, pour en mesurer la vitesse :

— Je ne vous y verrai guère ?

— Mais si, mais si ; je trouverai bien des moyens. Tenez : je ne danse jamais les quadrilles. Vous m'inviterez et nous nous promènerons, au buffet, dans l'atelier.

Elle dit cela ingénument, comme si elle eût depuis longtemps songé à ces choses, dans son petit lit de jeune fille, entre sa prière et son calme sommeil, et que leur heure fût venue d'éclore.

Mais devant les yeux de Jean, elles évoquèrent un tableau que les mauvaises paroles de Ballier y avaient déjà dessiné en lignes cruelles : la jeune fille rieuse, épaules et bras nus, près d'un cavalier vernis et fleuri qui se penchait sur elle. Et la houle de son âme se déchaîna.

O sentiments primitifs, semblables aux corps simples de la nature, qu'on ne peut que décrire, et qui résistent à l'analyse, du fait même qu'ils sont simples ! Fond éternel de nos êtres, où ces sentiments se meuvent hors de notre volonté, dirigés peut-être uniquement par des lois nécessaires qui nous échappent encore !

Jean ne réfléchit pas. Il lui lança presque brutalement :

— Oui, n'est-ce pas, vous ferez de moi un de ces danseurs qui prennent rang sur votre carnet de bal, vous m'ajouterez à la liste de ceux qui vous suivent de soirée en soirée. Je serai le Marin, le Numéro Sept, voilà tout !

Elle le regarda effarée, toute pâlie. En ce moment, sa figure entière ne semblait que le cadre de ses yeux ; agrandis et fixes, on les sentait chargés d'une tendresse qu'un effort de volonté les contraignait d'exprimer, de verser en dehors d'elle, comme des larmes.

Encore empoisonné de son soupçon mauvais, Jean pensa qu'elle devait être ou bien ingénue ou bien perverse pour laisser parler ainsi ses regards.

— Comme vous vous trompez ! prononça-t-elle.

Et il semblait que ses lèvres ne faisaient que répéter ce que disaient ses yeux.

Des mots passèrent dans l'esprit de Jean. Ils passaient en bandes affolées, galopantes. Il en prit au passage, toujours sans réflexion, toujours comme si quelque chose d'invincible et de puissant les lui mettait dans la bouche afin de les lui faire prononcer :

— Mais nous ne pouvons rien être l'un à l'autre ?

C'était dit. Maintenant, la confusion d'avoir provoqué une telle explication entre elle et lui, l'angoisse d'amour que l'issue ne lui en fût pas favorable, la peur qu'au contraire elle ne l'entraînât irrévocablement au crime d'aimer, tous ces sentiments s'agitaient comme de hautes vagues. Sur tous, planait l'ardente curiosité de savoir.

Par une sorte de pudeur de parole, Hélène cherchait une image qui pût rendre sa pensée. Devant elle, Henri Bartès et sa femme se tenaient côte à côte, contemplant la campagne immense et vaporeuse. Elle les désigna d'un geste :

— Nous pouvons être ce qu'ils sont.

Ce fut dit dans un souffle, si bas, que le mouvement du fin menton et de l'ombrelle soulevée aida Jean à comprendre les mots. Et cela leur sembla si grave, si solennel, qu'ils ne parlèrent plus, rapprochés seulement sur leur banc de pierre.

Elle, s'abandonnait au ravissement. Son rêve, né peut-être pendant cette soirée du dernier hiver, développé chaque jour depuis un mois que Jean vivait près d'elle, s'épanouissait enfin. Toutes sortes de pensées joyeuses de fiancée, qui l'avaient souvent effleurée, se penchaient vers elle, lui murmuraient : « Cette fois, tu nous appartiens, nous t'embaumerons nuit et jour de notre parfum. » Et leur bruissement prolongeait sans fin l'instant délicieux.

Jean aussi était heureux. Comme un torrent, l'amour renversait ses terreurs : « Malade, touché, oui. Mais je respire, je vais, je viens. Qui peut affirmer que je cesserai demain d'agir ? Allons, tous ces gens sont fous, et ne sèment la peur que pour mieux faire valoir leurs services. » Il se roulait dans la joie, volontairement d'abord, jusqu'à ce que son esprit dompté s'y abandonnât sans contrainte ensuite.

Il fallut un fait matériel, le branle-bas du

départ, pour les tirer de leur merveilleuse songerie. Ils se regardèrent, confiants, comme pour bien s'affirmer qu'ils n'avaient point imaginé ces choses dans le sommeil...

A la grille du château, un domestique remit une lettre à Jean. Elle était de Renée, sa maîtresse. Depuis un mois, il ne lui avait pas écrit ; il s'émut de ce discret reproche, de ces quelques lignes étonnées de la jeune femme, si soumise aux caresses, mais qui ne les appelait pas d'ordinaire.

Il songea à ces cinq dernières années heureuses et saines, qu'il avait passées entre la mer et la vie joyeuse de Paris, la chanson de ses vers et le gazouillis caressant de sa Renée.

Il s'avoua égoïste, se gourmanda, arrangeant déjà dans sa tête des phrases de lettre d'excuse.

Mais tout à coup, — fut-ce un parfum apporté par le vent, un son de voix, l'éclair d'une robe, une de ces impressions physiques qui donnent le coup de barre à nos pensées ? — il déchira la lettre.

L'abîme lui apparut, infranchissable et
sans fond, entre son être passé et son être
actuel, entre les caresses d'un corps soyeux,
d'une jolie figure et d'une amusante parole,
et ce sentiment si grave qui naissait en lui,
puissant dans sa montée lente comme le flux
d'une mer, et qui chassait, vainqueur, jus
qu'à sa peur de la mort.

HUITIÈME TABLEAU

Fiançailles

De Passy à Auteuil, s'étendent des quartiers charmants. Lorsqu'on les regarde du haut d'un monument, ils font penser à ces immenses bouquets où chaque fleur est sertie de feuillage ; car ce ne sont que des hôtels parmi des verdures.

La voie d'Auteuil et la Seine limitent un vaste parc semé de villas, coupé d'avenues baptisées de noms d'arbres : « Avenue des Tilleuls, avenue des Peupliers... »

C'est ce coin délicieux que Mme Francesco avait choisi pour abriter le bonheur prochain de sa fille Hélène, fiancée à Jean Nèvre.

Sa tendre et généreuse sollicitude parait chaque jour le nid d'une grâce nouvelle, l'ouatait d'une tiédeur de plus. M. Francesco, à grand'peine arraché à ses rêves, avait guidé l'installation de ses sobres et justes conseils ; son fils Alma venait y donner le coup de pouce de sa fantaisie.

Le sanctuaire d'amour s'achevait.

Ce jour-là, Jean y conduisait pour la première fois son père, son frère Georges et sa belle-sœur Jane.

Par ces rues tranquilles, leurs pas avaient des sonorités imprévues ; le calme silence troublé seulement de cris de babies ou d'envolées de pianos, la douceur de ces beaux après-midi d'octobre qu'on goûte mieux parce qu'on les pressent les derniers, tout les pénétrait d'aise et de bien-être.

Devant une grille basse, enveloppée d'un lierre exubérant, Jean s'arrêta :

— C'est ici, dit-il.

Tous pénétrèrent dans le jardin qui pré-

cédait la maison. On n'y avait pas encore
mis la main, et il conservait cet aspect
mélancolique des verdures délaissées quand
vient l'automne. Des feuilles mortes couvraient la pelouse, des pousses serpentaient
dans le sable des allées ; les massifs semblaient vouloir escalader les murs, barrer le
perron, se hausser aux fenêtres.

Dans ce cadre d'abandon, la maison apparaissait mieux encore parée, prête pour la
vie. Des détails sautaient aux yeux : l'immense lanterne de cuivre sous la vérandah
en éventail, des peintures fraîches, le miroi-
tement clair des vitraux.

— Mâtin, dit le colonel, un joli hôtel de
divisionnaire.

Tout empli de son idée fixe, il fallait qu'il
y rapportât jusqu'à ses comparaisons.

Ils entrèrent ; Jean, au milieu des exclamations admiratives des siens, qu'il sentait
vraiment sincères, point jalouses, expliquait
chaque pièce, le but et la provenance de
l'ameublement. Devant l'amoncellement de
richesses entassées là, une superstition en-

fantine et bizarre le poursuivait, s'explicitait
en mots dans sa pensée, « il était vraiment impossible que tous ces sacrifices
fussent vains ; le Destin ne permettrait pas
une telle cruauté ». De telle sorte que la
somptuosité du cadre de sa vie lui semblait
un rempart contre la mort !

Chaque étoffe, chaque meuble, commandés
en ces deux mois de courses à travers Paris,
évoquaient en lui des souvenirs. Mais il
s'efforçait obstinément de les fuir, et sa
parole s'en enfiévrait, s'en pressait davantage sur ses lèvres.

Mais quand ils furent dans la chambre
nuptiale que les hautes tentures et les bois
sévères rendaient solennelle comme un
temple, toute la mousse de sa verve tomba,
Pour la première fois, il sentit les larmes
ronger ses paupières. Il parvint pourtant à
se dompter. Mais il sentait son émotion
rester à fleur de peau, comme les pleurs
jaillis jusqu'à ses cils.

Tous se taisaient, ainsi que dans une chapelle. Sans bouger, Georges Nèvre prit la

main de son frère, son bras allongé joint au
sien :

— Tâche d'être bien heureux, mon Jean,
bien heureux.

Le colonel les entendit ; il se tourna vers
Jean :

— Tu es né sous une bonne étoile, toi,
mon enfant ; tu tiens le bonheur ; garde-le
bien.

Les lignes de son dur visage tremblaient un
peu ; et l'émotion de ce masque, toujours inquiet et ravagé, lui donnait l'air infiniment
bon.

Mais qu'avaient-ils donc tous, en un tel
moment, en un tel lieu, à l'amollir de leurs
mots de tendresse ? Jean sentait n'être plus
maître de ses larmes. En ondes étouffantes,
elles montèrent de sa poitrine, elles nouèrent
sa gorge, elles jaillirent...

— Papa, mon papa...

Et sa tête sur l'épaule de son père, poitrine
à poitrine, il pleurait éperdument, répétant
son appel d'enfant : « Papa », le mâchant
dans sa bouche empâtée de fièvre.

En vain, il essayait de se reprendre, d'écouter les gronderies familières de son père, de son frère.

— Eh bien, voyons, qu'est-ce qu'il y a, gros bête?

Tout son corps se secouait ; il restait dans son refuge, sa tête cachée, ses bras jetés autour du cou paternel ; et il se sentait si soulagé qu'il n'essayait même plus de retenir ses larmes.

Quand il se fut enfin maîtrisé, toute son amertume vidée, il se redressa :

— Je vous demande pardon ; c'est stupide. C'est la joie. Et puis aussi, cet endroit...

Ils se taisaient, gênés maintenant, après leur effusion, après le brusque réveil de leur sang pareil les jetant à l'épanchement, à l'oubli fugitif de leurs maux...

Le colonel rompit le silence :

— Je te laisse, mon grand ; une course pressée, des démarches.

Et se rapprochant de Jean :

— C'est peut-être pour bientôt...

— Quoi donc? fit Jean.

— Mais, ma nomination à la maison militaire du Président.

C'était vrai. Son père n'avait-il pas aussi sa croix à porter, son calvaire à gravir? Il le regarda partir, traverser le jardin, ragaillardi, les muscles tendus à l'idée des difficultés à vaincre, des honneurs à conquérir.

— Moi, dit Jane, je file aussi.

— Où vas-tu? lui demanda son mari.

— Mais au Bon Marché! Voilà quinze fois que tu me le demandes et que je te réponds.

— Je vais avec toi, veux-tu?

— Mais non, mais non; j'ai cent tours à faire, des occasions à voir. Ce n'est pas le rôle d'un homme.

Et comme son mari la regardait, la figure bouleversée :

— Si tu tiens absolument à t'ennuyer, tu sais?

— Non, non, va-t-en.

Elle n'insista pas, serra la main des deux jeunes gens et s'enfuit, légère.

— Tu vois, dit Georges : ne jamais savoir,

se ronger d'inquiétude, de doute. Voilà ma vie.

— Mais puisqu'elle t'a offert ensuite de l'accompagner !

— Parce qu'elle savait que je n'accepterais pas.

— Voilà où tu commences à être injuste.

— C'est possible ; mais je suis sans force contre le soupçon. Il m'assaille, me vainc avant que j'aie le temps de m'en défendre.

Ils étaient arrivés sur le perron. Comme Jean s'arrêtait au haut des marches :

— C'est vrai, tu attends ces dames ici.

Il allait descendre, se ravisa :

— Est-ce que tu vois souvent ton ami Blondel ?

— Ma foi non ; depuis deux mois, je ne rencontre plus personne, je vis presque exclusivement dans ma future famille. Et toi ?

— Je l'ai quelquefois rencontré chez père, le soir. Ton ami connaît beaucoup de monde, des journalistes, des camarades de promotion très lancés, comme lui ; des fonctionnaires,

leurs femmes surtout ; et père cherche à uti-
liser ces relations-là pour décrocher la
maison du Président.

Il dit ces mots avec une amertume que
leur sens ne comportait pas.

« Il est toujours jaloux », pensa Jean. Et pour
arrêter l'entretien sur cette pente, il dit à
haute voix :

— Ma foi, c'est toi qui m'en apportes la
première nouvelle. Je te le répète, je ne vois
plus personne. Et l'oncle Adolphe, toujours
génial ? Et les tantes, les cousins ?...

Il pressait son frère de questions, tant
pour le détourner de ses angoisses que pour
le garder auprès de lui, n'être pas seul dans
cette maison, où fatalement l'assailliraient
les tristes pensées. Mais Georges Nèvre s'esquiva. Au fond, il avait l'espoir secret de rejoindre sa femme, de s'assurer qu'elle ne lui
avait pas menti.

Jean s'arrêta sur le seuil de la villa.

A chaque meuble, à chaque tenture, il
pouvait accrocher un souvenir précis. Il revoyait les quartiers où les avaient entraînés

leurs recherches, le temps qu'il faisait chaque fois.

Car chaque style, chaque étoffe a ses spécialistes.

Ainsi, de hauts bahuts, sombres et lourds, ornaient la pièce d'entrée. Jean revoyait la chambre sordide de l'artisan qui en avait sculpté les panneaux dans des poutres de vieux navires percées de tarets, afin de leur donner l'aspect vieux. Ce jour-là il était en uniforme, ayant dû passer au Ministère ; et il se souvenait de leur mine à tous trois, ces dames en grande toilette, lui ganté de blanc et galonné d'or, dans cette petite pièce qui sentait la crasse et la cuisine, où une vieille femme paralytique leur souriait niaisement du fond d'un fauteuil.

Dans le hall, tous les genres se mêlaient ; mais l'exotisme l'emportait. Jean vit apparaître le magasin de japonaiseries, deux maisons à cinq étages tout emplies de bibelots. Ici, des rangées d'idoles accroupies levaient au ciel leurs doigts rigides. Là, des armées de potiches étalaient la gloire de leur panse de bronze ou de porcelaine ; plus loin, les paravents chantaient la gamme de leurs soies lumineuses, aux précieuses peintures. Dans ces immenses docks vaguait cette odeur de camphre et d'encens que gardent avec elles les choses venues d'Orient, et qui transportait Jean sous les ciels bleus, parmi les couleurs lavées et lisses des paysages de là-bas. Des buires, des armures, lui rappelèrent leurs courses chez les antiquaires. C'était la grande joie d'Alma Francesco. Il excellait à découvrir dans le fouillis des vieilleries le contraste d'une vierge d'ivoire dans un réchaud de cuivre, d'un crucifix dans un pichet d'étain.

L'image de sa fiancée n'apparaissait pas à Jean, distincte, dans l'évocation de ces petits tableaux pittoresques ou gracieux ; mais elle planait sur l'ensemble ; ils vivaient par elle ; elle en était comme la lumière.

Mais toujours le même sentiment de doute empoisonnait chaque promenade, chaque acquisition : un même cri montait à ses lèvres, menaçait de s'en échapper : « Non, ne commandez pas ; ne décidez pour moi rien de

durable : je ne sais pas si je vivrai demain.
Vous bâtissez brin à brin notre nid : y repo-
serai-je seulement ! » Les propos mêmes des
marchands renfermaient pour lui des ironies.
Les uns disaient : « Avec cette étoffe-là, vous
en avez pour vingt ans. »

De même, il dut signer un bail, et cet engagement pour trois ans au moins le stupéfia.

Mais il était tellement épris, il avait tant
de bonheur à aimer, qu'il restait pour ainsi
dire étranger au remords.

Dans les fugitifs moments de clairvoyance
où lui apparaissait l'étendue de son crime,
c'est aux pieds du sculpteur qu'il avait envie
de se jeter. C'est à lui que sa fille, par un
phénomène étrange, mais commun pourtant,
avait confié son amour. C'est lui qui avait
encouragé le jeune officier, hésitant encore
et pour combien de raisons ! Jean lui en avait
un gré infini ; et de voir le vieil artiste heureux du bonheur qu'il donnait ainsi, flottant
dans sa quiétude de rêveur, il avait envie de
l'en arracher brusquement, de lui crier :
« Chassez-moi, je suis un imposteur, un cri-

minel, et mon crime n'a même pas encore de
nom ! »

Pourtant, il aurait pu être si heureux, dans
ce hall même où s'attardait sa douleur !

Son imagination, le souvenir des choses
vues, des choses lues, évoquèrent des
tableaux qu'il accommoda au cadre offert à
ses yeux.

Il peupla l'alentour du piano de jeunes
femmes en claires toilettes égrenant par la
vaste pièce les perles de leur rire et de leur
voix. Puis, il y plaça des silhouettes — en-
trevues dans ses plongeons en pleins milieux
parisiens — d'amusants causeurs, laissant
déborder leur fantaisie en prose et en vers,
édifiant sur des riens charmants des rimes
sonores, les habillant parfois de musique
qui s'attachait, se pliait aux mots, comme
une dentelle d'or sur les plis d'un brocart
somptueux.

Comme il eût été gourmand de toutes ces
friandises de l'esprit ! Il aurait tenu table
onverte, rêvant de pouvoir tendre ses propres
mains à tout un cercle de mains loyales.

Comme il aurait aimé s'abandonner en toute
confiance ! Il éprouvait un égal besoin d'aimer
et d'être aimé, tout autour de lui. Il eût
voulu épandre l'amour et le recevoir, comme
ces astres des nuits que baignent de blondes
clartés et qui, à leur tour, les irradient...

Mais il n'aurait aucune de ces joies. Il
touchait au terme de sa vie.

Ah ! s'il avait pu se jeter, se rouler aux
pieds de quelque divinité ; s'il avait pu croire
son supplice passager, sombre porte d'un
au-delà de lumière !

Mais il n'avait pas la foi.

Il avait connu tant de religions ! Il avait
vu adorer tant de matières diverses, du bois
brut à l'or massif ; tant de postures, tant de
rites avaient défilé devant ses yeux, qu'il
n'en gardait qu'une image indécise et trouble.

Certes, un être de Toute-Puissance s'était
manifesté à lui, dans l'harmonie et les cata-
clysmes de la nature ; mais il lui avait semblé
si formidable, si universel, qu'il lui eût ré-
pugné de placer entre lui et cette force partout
palpitante et partout révélée, le prêtre émas-

culé, l'enfant de chœur gavroche, tout le
rapetissant apparat des cultes tarifés.

Il n'avait pas la foi.

Mais il enviait ceux qui l'ont, qui vraiment
croient expier par leur propre souffrance
on ne sait quelle vague faute originelle ;
qui ont comme une âcre joie à souffrir,
parce qu'ils ne croient pas inutile au reste
du monde le sacrifice de leurs larmes ; qui
trouvent dans de quotidiens exercices —
ânonnements imposés, machinales génu-
flexions — la force de s'affermir dans leurs
croyances !

Comme il était loin de ces sentiments : il
pensait que rien de lui ne survivrait à la
cadence de son sang ; que sa disparition et
son apparition seraient deux phénomènes inverses, mais semblables, également complets,
procédant l'un et l'autre de l'être au néant.
Tous deux étaient les bornes absolues de
son existence. Aussi, c'était de cette existence qu'il avait le culte et l'adoration : religion de la vie, d'autant plus accentuée
chez lui, qu'il fuyait toutes les manifestations

de la mort. Il détournait ses pas d'un enterrement, ses yeux de la vue d'un cimetière. Il
évitait les marchands de couronnes, les
lettres bordées de noir, les agences où s'étalent des photographies de catafalques, tous
les signes extérieurs du deuil. Apprenait-il
un décès ? il s'enquérait de l'âge du défunt.
Si c'était un homme jeune, il avait des ruses
de langage pour connaître sa maladie, il
tremblait que ce ne fût la sienne. Si elle
était cataloguée normalement mortelle, il se
disait : « Ah ! bon », avec un soupir de soula-
gement.

Dans les intervalles de ces terreurs —
assez espacées puisqu'elles ne naissaient que
de hasards — son grand besoin d'amour le
tenait tout entier. C'était sa vraie croyance,
le seul mobile qui pût vaincre l'indifférence
des hommes, la source de l'oubli. Il y buvait
à longs traits, s'efforçant de ne plus songer à
l'heure suivante, tout aux délices du temps
présent.

Mais précisément, toute cette maison
évoquait l'avenir en même temps que le

passé. Il n'osait même pas monter au premier
étage, comme s'il y eût déjà un mort étendu
sur le lit nuptial.

En voyant l'escalier, il pensait : « C'est
par là qu'on descendra mon cercueil. Des
groupes noirs et consternés stationneront
dans ce jardin. » Une folle épouvante le
prenait : toutes les choses se liguaient,
exsudaient l'horrible hallucination.

Mais il entendit le bruit métallique de la
grille refermée.

— Hélène ! Enfin !

Elle s'avança par les allées, près de sa
mère. Dans sa robe vert d'eau, vraiment
frissonnante et fraîche aux yeux comme la
coulée d'une rivière claire, sous son grand
chapeau dont le vent soulevait le plumetis,
avec son ombrelle à gros manche d'ivoire où
s'enlaçait son chiffre d'or, elle était rayonnante vraiment d'éblouissante beauté.

Ainsi, tant de grâce, tant d'éclat lui appar-
tiendraient ? Etait-ce possible ?

Et son cœur allégé battait à larges coups
d'orgueilleuse joie. Oui, sa fiancée était une

vraie jeune fille : elle avait une personnalité
nettement accentuée, qui donnait à ses
gestes, à ses mots, un contour précis, sans
que cette décision dût inspirer la moindre
inquiétude, car cette belle assurance apparaissait vite toute de surface ; elle restait, au
fond, dans une parfaite ignorance des cou-
rants du monde, de ses mobiles, de ses
turpitudes.

Le frêle échafaudage de ses idées pré-
conçues, élevées sans base solide, sur l'apparence des mots et des choses, s'écroulerait
vite au fort souffle de la vie, et cette âme
blanche, où ne subsisteraient ni tendances,
ni hostilités, ni souvenirs, se tournerait
toute à l'amour, comme ces fleurs qui
n'ouvrent qu'au jour leur pur calice.

A chaque révélation de cette candide
hardiesse, Jean sentait tout son être se
fondre, s'abîmer dans un besoin de pros-
ternation, devant cette âme d'amour qu'il
sentait passer sur lui, toute palpitante de
tendresse et de bonté.

Mais, pour le moment, ils s'en tenaient

presque aux babillages. Les nécessités de la
mode et des usages font de ce temps des
fiançailles une période agitée, mouvementée,
qui laisse peu de place aux longues rêveries.
On pourrait appeler cette époque : « Les
Promesses ».

Les longs regards, les furtives caresses, ne
font que promettre : ils tendent entre les
cœurs une trame légère qui ira se resser-
rant.

Dès que les deux jeunes gens se trouvaient
ensemble, le contraste des fugitives ten-
dresses et des terrestres préoccupations apparaissait vite : installés dans le boudoir atte-
nant au hall et que meublaient de larges
fauteuils anglais, ils décidèrent d'abord le
libellé des lettres d'invitation, qu'ils s'a-
vouèrent l'un et l'autre s'être imaginé, dont
ils voyaient vraiment devant eux la précise
écriture aux fins déliés, aux pleins harmonieux ; puis ils discutèrent sur le choix des
couples à grouper, choix délicat qui consis-
tait à accoler, pour une journée entière, des
gens absolument étrangers les uns aux autres.

Ensuite, ils causèrent des courses à faire, des courses faites.

— Puis-je savoir d'où vous veniez en arrivant ici ? questionna Jean.

— Des Beaux-Arts, où nous avons été voir M. Ballier, répondit Hélène. Il a été d'un aimable ! au fond, je crois qu'il fait la cour à maman.

Elle déclara la chose en toute innocence, dans un bel éclat de rire. Mais Mme Francesco en sembla gênée. Elle gourmanda sa fille, et s'éloigna.

Jean regardait distraitement la haute cheminée, aux faïences bleues encadrées de fontes artistiques :

— C'est ici, dit-il, que nous nous tiendrons le soir ; nous tisonnerons de chaque côté de la cheminée.

Mais elle, l'air mutin :

— Ah ! pourquoi pas du même côté ?...

Ainsi mêlée, continua leur causerie.

Et, que ce fût la préoccupation des invitations à lancer, des nuances à choisir, d'achats à faire, ou d'espoirs balbutiés,

avoués dans un regard ou dans un baiser,
toujours l'éternel souci de Jean s'en trouvait
chassé de longs instants, qui lui semblaient
d'autant plus délicieux qu'ils étaient en-
cadrés d'heures de torture.

Situation singulière, où les joies et les
transes luttaient, se succédaient sans s'em-
piéter, sans se mêler, les unes et les autres
également despotiques, également absolues.

NEUVIÈME TABLEAU

Crise

Devant la grande glace à modèle, Jean s'arrêta brusquement, tout le sang au cœur; il eut peur de son image, comme d'un étranger brusquement surgi des fonds d'ombre de l'atelier.

Entre les deux hommes apparus, à un an de distance, dans ce même cadre, parmi le même décor de fête, une impitoyable comparaison s'imposait :

Chez l'un, les traits éclairés, baignés de joie, les membres pleins d'aisance dans leur vigueur.

Chez l'autre, une imperceptible bouffis-
sure, restée sous les yeux parmi des symp-
tômes généraux d'amaigrissement, déformait
le visage; le buste se portait en avant, im-
perceptiblement, comme pour protéger son
flanc sensible. Mais surtout, une lassitude
infinie se manifestait, qui le contraignait à
s'asseoir, à s'appuyer aux meubles, l'essouf-
flait pour une marche rapide, un étage vite
monté.

Et si quelque miroir d'âme avait pu refléter
les pensées de ces deux êtres si différents,
combien le contraste s'en serait-il accen-
tué!

L'un était comme l'amant de la vie : maîtresse qui se sent aimée, elle lui avait livré
tout ce qu'elle recèle de plus aimable et de
plus délicieux. A peine homme, elle avait
offert à son ambition de précoces distinc-
tions et les triomphes si chers de l'esprit; à
sa curiosité, elle avait donné le monde; à la
fougue de ses vingt ans, une caressante et
fraîche idylle parisienne.

L'autre vivait rejeté sans cesse de la fé-

licité à la terreur, de l'inconscience au
remords, tout secoué, tout meurtri de
doute. Vivrait-il? Avait-il commis vraiment
un crime?

Pour le moment, il s'effrayait surtout de
sa lassitude, nouvel indice de son mal. Des
fêtes continuelles la venaient accroître encore. Il craignait toujours qu'elle apparût sur
ses traits, qu'elle le trahît.

Déjà, il lui semblait qu'une gêne pesait
autour de lui, dans ce bal qui réunissait
dans le hall les deux familles et leur entou-
rage à l'occasion de la signature du contrat ;
pendant le dîner qui l'avait précédé, il lui
avait semblé surprendre des regards se dé-
rober aux siens, des silences tomber, une
inquiétude enfin planer dans l'air.

Il avait vu sa fiancée même, les yeux
perdus, inattentive à ses paroles. Sa maladie
apparaissait-elle, ou bien les soucis devenus impérieux, montant jusqu'à la face,
s'agitaient-ils chez les siens comme en lui-
même?

En ce moment, on dansait. Il songea au

mot de Pascal : « Danser : s'occuper à placer
ses pieds ». Comprenaient-ils, tous ceux qui
valsaient là, que cette distraction, comme
le jeu, comme tant d'autres, n'est frivole
qu'en apparence, et que son vrai but est de
nous détourner de nos tristesses, de nous
les faire oublier un instant ?

Craignant de trop prolonger son absence,
Jean rentra dans le hall. Un bras se glissa
sous le sien ; son père était près de lui, le
visage plus inquiet, sa pâleur grise plus accentuée que de coutume.

— Où allais-tu ? demanda-t-il à Jean.

— Nulle part ; je circule.

— Alors, viens.

Il l'entraîna à nouveau dans l'atelier ; mais
des couples y bostonnaient déjà.

— Où pourrions-nous être seuls ? dit le colonel.

D'une sensibilité devenue morbide, Jean
s'effraya de ces précautions. Mais dans la
crainte de hâter une révélation qu'il tremblait d'apprendre, il conduisit son père en
silence dans le bureau de M. Francesco,

vaste pièce sombre qu'éclairait une lampe
basse.

— Qu'y a-t-il?

— Une mauvaise nouvelle : mais heureusement, rien n'est encore perdu. Ton frère
ne t'a rien dit?

— Non.

— C'est vrai, nous nous étions promis de
ne point te gâter ta joie en ce moment, de
tout te cacher le plus longtemps possible;
mais toute réflexion faite, j'ai pensé qu'avec
ton aide, le mal pourrait être coupé dans sa racine; en deux mots, voici : ton frère Georges
se bat demain matin avec ton ami Blondel.

— Il les a surpris, s'écria Jean malgré
lui.

— Non, et c'est ce qui me laisse un peu
d'espoir. Georges est arrivé chez moi hier soir,
hors de lui, tremblant, enfin méconnais-
sable : figure-toi qu'il est jaloux de sa femme!
J'étais à cent lieues de le soupçonner. Hier,
comme elle sortait, vers quatre heures, il l'a
suivie. Elle est entrée au Ministère des travaux publics, où se trouve le bureau de

Blondel. Georges a attendu sur le trottoir
opposé, devant la porte. Au bout de trois
quarts d'heure, Blondel est sorti, accompagné
d'une dame très voilée. Ton frère s'est précipité vers ton ami, la canne haute. Il dit qu'à
ce moment seulement, il s'est aperçu de sa
méprise : la dame n'était pas Jane. Mais
Georges, persuadé d'une ruse, a persisté
dans son attitude provocante. Le soir même,
il envoyait ses témoins à Blondel.

En vérité, je n'approuve pas pleinement
la conduite de ton frère dans cette circonstance. Après tout, il peut n'y avoir là qu'une
coïncidence fâcheuse, et continuer à demander des réparations à un monsieur sur qui
on a levé sa canne, sans raison, c'est raide.

Ah! comme Jean avait envie de lui crier
que la catastrophe, au contraire, était à prévoir; que le mal couvait depuis longtemps,
et qu'il devait logiquement arriver à sa période aiguë, éclater d'autant plus violent,
d'autant plus soudain, que ses sources
étaient plus profondes et plus cachées.
Mais le colonel, absorbé par ses propres

soucis, restait aveugle pour ceux d'autrui. Jean lui demanda seulement :

— Et Jane ?

— Son mari l'a trouvée chez elle en rentrant. Il m'a dit qu'elle paraissait agitée, très nerveuse. Mais, tu comprends, je ne tiens tous ces détails que de lui-même ; ils ne sont probablement pas l'expression même de la vérité ; ainsi Georges m'a avoué avoir pressé sa femme de questions : je suppose qu'il a dû se passer une scène terrible...

— Et ses témoins ?

— Ces messieurs se sont présentés chez Blondel hier soir : ils n'ont trouvé personne. Ils ont été plus heureux ce matin ; mais j'ignore les détails de l'entrevue. A peine ai-je pu apprendre ce soir de ton frère que la rencontre était décidée pour demain matin. Il paraît que Georges a dicté à ses témoins des conditions extrêmement sévères. Au fond, il y a chez lui une volonté absolue de se battre, et de se battre sérieusement, qui reste vraiment inexplicable !

Jean, malgré le coup de douloureuse sur-

11

prise dont le frappait la nouvelle de ces événements, entrevoyait bien quelque folie de
Blondel ; il suivait bien la crise de jalousie
dont souffrait son frère. Seule, l'âpreté que
mettait le colonel à désavouer son fils —
dont la cause d'apparence mauvaise se pouvait pourtant défendre — ne se justifiait pas
à ses yeux. Il en cherchait la raison, au milieu de son trouble.

Le colonel poursuivit :

— Obéissant à une générosité bien natu-
relle, ton frère a tenu à assister néanmoins
au dîner et à la soirée du contrat, afin de ne
point éveiller tes soupçons. Tu vois que
Blondel, invité comme futur garçon d'honneur, s'est inspiré des mêmes sentiments.
Ainsi l'un et l'autre t'aiment sincèrement :
tu restes le seul obstacle qui soit entre eux.
Toi seul peux donc éviter l'affreux malheur
qui menace notre famille à la veille même de
ton mariage.

— Mais je ne suis pas maître de leur honneur !

— Eh ! leur honneur ! Qu'est-ce que l'hon-

neur? Autant d'individus, autant de défini-
tions. Il s'agit ici d'intérêts sacrés, au-dessus
des vains préjugés d'une morale d'occasion.
Voyons, Jean : je t'ai fait voir le déplorable
effet de ces dissensions éclatant près de toi
en ce moment; toi-même, tu dois souffrir de
cette haine absurde entre deux êtres qui te
sont également chers. Te parlerai-je encore
de moi, atteint dans mon affection paternelle,
privé en même temps du dévouement éclairé
de ton ami...

Jean ne put retenir un signe de la main,
un instinctif mouvement de recul : la vérité,
le vrai souci de son père lui apparaissait,
avec la brutalité d'une plaie dévoilée sous le
jour cru de l'amphithéâtre : il voulait ména-
ger l'utile Blondel !

Le colonel se méprit au geste et appuya en
effet :

— Mon cher, si ce duel a lieu, je suis
flambé !

Ainsi, c'était bien l'ambition, toujours plus
impérieuse, qui poussait son père à agir de
la sorte ! C'était pour elle qu'il combattait ce

duel — injuste et pourtant unique satisfaction
laissée à la haine de ces deux hommes — sous
le prétexte vain que les véritables motifs n'en
étaient pas connus. Jean allait répondre;
mais une pensée nette, vivante, comme une
parole murmurée à son oreille, lui traversa
l'esprit :

— Et toi, n'as-tu pas fait pis ?

Chacun obéissait donc, dans le bien comme
dans le mal, à quelque obsédant souci direc-
teur ? Il eut un geste de vaincu :

— Je vais voir Blondel.

Il se plongea dans la foule sautillante, suivi
de son père qui le quitta bientôt. Dans le hall,
il croisa M\ Francesco, qui valsait avec Ballier : celui-ci l'entraînait dans une sorte de
course rythmée et rapide, d'un bout à l'autre
des salons ; les dents trop blanches, les lèvres
trop rouges, éclatant sur le fond mat de la
barbe châtain, il allait à reculons, le dos
comme arc-bouté contre la foule, ployant la
taille de sa danseuse qui s'abandonnait, les
yeux mi-clos.

Jean les perdit de vue, très vite.

Ballier, le visage penché à l'oreille de sa compagne, lui soufflait dans la chaleur de son haleine :

— Je vous en prie, venez me voir avant la séance, demain, dans mon cabinet ; j'aurai besoin de tout mon courage : j'aurai à livrer une vraie lutte de couloir. Venez me faire l'aumône d'un peu de vaillance.

Ils étaient arrivés au bout de l'atelier. Ils repartirent en sens inverse, lui la poussant à l'abri de son coude ployé, elle marchant à son tour en arrière.

— Non, non, répondait-elle entre ses lèvres desséchées : c'est un service que je vous demandais, un service d'ami. N'en parlons plus.

Il se récria :

— Mais j'ai tout fait pour la victoire de votre mari. J'ai prêché d'exemple, déclarant que je voterai pour lui, que son beau talent devait être sanctionné par le vote de l'Académie tout entière, sans distinction d'école. Que m'a-t-il donc manqué ?

— Le désintéressement.

— Oh! Je vous en prie, ne blasphémez pas. Ce rapprochement est impie. Il n'existe que dans votre esprit. Je vous aime, c'est vrai ; je veux vous être utile : c'est une conséquence, ce n'est pas une condition... Venez demain ?

Ils se trouvaient maintenant dans un passage resserré ; ils durent suivre le rythme sur place.

— Je vous en supplie.

— Non, non. Je n'irai pas. Assez.

La musique se tut. Ballier reconduisit Mme Francesco au premier fauteuil libre et la salua profondément.

Ce caprice lui était venu l'automne précédent. Il avait trouvé bon pour lui-même le conseil dont Jean Nèvre n'avait pas voulu profiter. D'ailleurs, l'ambition même de Mme Francesco lui donnait une arme terrible : chef de la jeune école, il pouvait, par son propre vote, diriger toute la pléiade des nouveaux venus, disposer ainsi du sort du fauteuil vacant.

— Nous verrons, se dit-il, quel sera le plus entêté des deux. Allons fumer un cigare.

Pendant ce temps, Jean cherchait son ami. Ne l'ayant pas trouvé parmi le bal, il monta jusqu'au salon de jeu. C'était un boudoir, situé à mi-étage ; on le meublait pour la circonstance de tables couvertes de drap vert, éclairées de bougies à abat-jour. Le bas de leur visage seul en lumière, plastronnés dans ce calme dont ils masquent leurs intimes émotions, les joueurs restaient silencieux. A peine, dans l'atmosphère bleue de fumée, quelque mot rare et bref partait-il, comme à regret : « J'en donne — j'en demande — trois — combien ? »

Blondel était assis sur un divan, les pouces passés dans les entournures de son gilet, les regards au plafond.

En cherchant son ami, Jean s'était bien demandé quelle attitude — résultat de sentiments si contradictoires — il allait adopter devant lui. Il n'avait pu rien décider ; mais en le voyant, tout se précisa dans son geste et dans son esprit. La vieille amitié qui l'unissait à Blondel l'emporta sur la répulsion que l'idée d'un duel avec son frère aurait pu pro-

voquer en lui ; son ami apportait dans le conflit ses instincts, ses aptitudes : il y jouait un
rôle nécessaire.

Ce fut presque sans hésitation qu'il marcha
vers lui, qu'il s'assit à ses côtés :

— Père m'a raconté tout ce qu'il sait.
Veux-tu me dire la part de vérité qu'il
ignore ?

L'autre eut une mimique étonnée, puis
contrariée.

— Ton père a eu tort ; j'ai pris sur moi de
venir ici pour détourner le plus longtemps
possible tes soupçons. Son indiscrétion est
bien inutile ; elle n'empêchera pas le fait
accompli.

— Il a cru bien faire, dit Jean aux oreilles
duquel résonnait pourtant l'aveu presque cy-
nique du colonel ; placé entre vous trois,
écartelé entre vos affections, je suis le seul
que vous puissiez prendre pour arbitre...

— Encore une fois, cela n'empêchera rien ;
mais puisqu'on m'a précédé dans la voie de
l'aveu, je te dois en effet le reste du récit.

Ils redescendirent dans le bureau ; et, debout, se promenant dans la vaste pièce, sortant de l'ombre, y rentrant, Blondel raconta :

— J'ignore ce que ton père a pu te dire ; pour ma part, voici tout ce que je sais : hier, j'arrive au ministère à quatre heures ; j'avais peu de besogne ; à la demie, j'avais donné toutes mes signatures et tous mes ordres. Néanmoins, je ne m'en allai pas, car j'attendais à cinq heures, dans mon bureau, une jeune personne que j'avais conviée à une explication définitive.

Je me mets donc à tambouriner à la vitre en regardant distraitement les passants. Tout à coup j'aperçois, sur le trottoir opposé et faisant rapidement les cent pas, ton frère. Je crois assez aux pressentiments : à cette vue, l'idée me traversa l'esprit qu'il avait suivi sa femme, et qu'elle allait monter — cela bien que je ne l'attendisse nullement. En effet, au même instant, le garçon de bureau me remit la carte de Mme Nèvre.

Blondel s'était immobilisé, invisible, dans les fonds sombres de la vaste pièce ; sa voix s'étrangla ; et on eût dit qu'elle émanait, cette voix sans accent, seulement de l'ombre.

Jean, affaissé dans un fauteuil devant le bureau, sous la lampe à clarté verte, releva la tête.

— Me voilà acculé à des confidences bien délicates, mais nécessaires ; à peine me les suis-je murmurées à moi-même. Tu te souviens de ma confession dans le salon de Hochat, chez qui tu venais calmer tes vaines frayeurs ? Depuis ce jour-là, ce torturant besoin que je t'avais avoué de vraiment aimer, a continué de me poursuivre au milieu de mes plus folles équipées. C'était vraiment comme une soif ; non, plus encore : un désir d'être baigné d'amour. Oui, un tiède bain d'amour, où me rouler, où n'avoir qu'à ouvrir la bouche pour y boire la liqueur divine, où la sentir passer entre mes doigts, caresser ma poitrine... Cette coulée d'amour, ce fleuve d'oubli, j'ai bien cru l'approcher jusqu'à ses bords : j'aime Jane Nèvre.

Oh ! il faut que je te dise tout, maintenant. Cet été, pendant ton séjour à la campagne, puis à ton retour, je l'ai vue souvent chez ton

père, qui m'attirait beaucoup. J'avais un
grand plaisir à la voir, qu'encadraient une
hâte maladive qu'il fût l'heure de la rencontrer et d'affreux regrets que cette heure fût
passée. Tout le temps, j'y songeais. Il me
semble que je rajeunissais.

D'ordinaire, j'étais maître de mes aven-
tures; je les entremêlais à ma guise, je les
alternais avec des préoccupations d'ordre
tout différent. Cette fois, une pensée unique
se glissa dans mon existence. Confusément,
je sentis qu'après avoir longtemps imposé je
ne sais quel ascendant, à mon tour, je subis-
sais le charme.

Je te dis, j'étais heureux pour un regard;
dans la rue, je croyais toujours la reconnaître, et cela me donnait des grands coups
au cœur.

Mais mon assiduité était toute de respect:
je ne la lui marquais pas, je l'en enveloppais.
Et j'en avais un plaisir de plus. J'aurais voulu
écarter tout ennui de sa route, tout pli de son
front. Aussi, comme j'avais senti la sourde
hostilité de son mari, la menace qui grondait

dans ses moindres paroles, ses coups d'œil
furieux, j'accentuais encore ma réserve, dans
la crainte d'attirer sur elle quelque reproche.

Et pourtant elle venait, effrayée d'une
scène éclatée entre eux sans raison, me sup-
plier de cesser de la voir chez ton père, de
m'éloigner d'elle. Parfois, elle s'arrêtait, confuse, embarrassée ; car je ne lui avais rien
dit de décisif, je n'avais pas même risqué
d'allusion à mon amour : mais nos pensées
se comprenaient sans que les mots les sui-
vissent.

Alors, j'eus une si folle envie de me dé-
vouer, de me sacrifier pour elle, que je lui
promis de partir. En même temps, le souci
me poursuivait de lui éviter tout ennui : avec
des précautions infinies, je lui dis que son
mari, pendant qu'elle était là, croisait devant
le ministère; elle se troubla, sanglota, disant
que Dieu n'était pas juste.

Je la forçai de revenir à elle, et comme je
sentais qu'elle n'était pas à mes paroles, je
les prononçais lentement, pour les faire
entrer de force dans sa mémoire.

« Vous allez sortir sur la rue de l'Uni-
versité, par une petite porte que je vais vous
montrer ; vous prendrez une voiture, vous
irez chez vous, et vous nierez, vous entendez,
vous nierez être venue ici : car votre mari ne
croirait jamais au but de votre démarche. »

Elle faisait « oui » machinalement, en se
tamponnant les yeux. Je l'ai guidée dans les
couloirs, et nous nous sommes dit adieu,
dans une poignée de main.

Mon plan était de dépister ton frère, en
sortant au bras de cette autre femme que
j'attendais, Julie Deschamps.

C'est une jeune fille avec laquelle je m'étais
laissé aller à fleureter inconsidérément, si
bien qu'elle m'avait parlé mariage et que
j'étais fort embarrassé de ma personne.
Note qu'elle m'écrivait, que ses lettres devenaient d'autant plus pressantes que, depuis
quelques mois, elle était orpheline.

J'avais décidé de rompre ce soir-là définitivement avec elle. Depuis cet été, en effet,
je brisais toutes ces liaisons passagères, naturellement et sans qu'il m'en coûtât.

Alors, quand elle vint, je fis une chose peu
généreuse, mais nécessaire : j'avais besoin
de sortir à son bras, amoureusement. Je lui
laissai donc son espoir de mariage, je lui
offris de venir se promener un peu avec moi ;
elle abaissa son voile de crêpe et nous sor-
tîmes.

Ton frère bondit sur moi dès la porte. Il
m'enleva mon chapeau d'un coup de canne,
en murmurant des mots que hachait sa
colère. Julie, dont je n'avais pas quitté le
bras, se mit à lancer des cris perçants. Alors
ton frère s'écria : « Vous joignez à l'insulte
la comédie et le mensonge ; mais je n'en
suis pas dupe. Rien ne m'empêchera de vous
demander raison. »

Le monde se rassemblait. Ton frère s'est
alors éloigné avec des gestes furieux. J'ai
mis Julie en voiture, et j'ai été dîner au
cercle. Voilà.

— Et cette rencontre, demanda Jean après
un silence, tu l'as acceptée ?

— Eh ! J'ai bien songé à l'éviter, pour toi,
bien qu'il m'en eût coûté de ne pas relever

cette brutale agression. Mais, réfléchis comme
moi : refuser, c'était avouer des torts, légi-
timer jusqu'à un certain point la conduite de
ton frère.

— Peut-être.

Ils se turent, plus gênés maintenant que,
d'accord, ils jugeaient implicitement la rencontre inévitable.

Blondel se dirigea vers la porte. La main
à la serrure, il se retourna :

— Le plus regrettable, c'est que tu saches
tout cela : si le duel n'avait pas eu de suites,
ou pas de suites graves, tu l'aurais ignoré,
au moins jusqu'à ton mariage. Pourquoi
diable ton père a-t-il parlé ?

— Que veux-tu ? répéta Jean amèrement,
il croyait bien faire.

Et les deux amis se séparèrent sans autre
geste, sans autre parole, sentant passer entre
eux, dans un souffle de tempête, le conflit
des instincts prédominants.

Resté seul, Jean songeait à Blondel, cœur
avide enfin jeté éperdument à l'amour, et se
heurtant à la jalousie de son frère. Il pensait

à son père, dont l'ambition alarmée lui dévoilait cette rivalité. N'était-il pas assez malheureux lui-même?

Et, une fois encore, sa pensée courut vers Hélène. Là seulement était le doux oubli. Dans un mouvement égoïste, il secoua toutes les misères des autres, s'ébroua avec un haussement d'épaules. Il fut vite parmi le bal. On se plaçait pour le cotillon. Il vit Hélène qui le cherchait des yeux:

— Méchant, moi qui vous garde une place

Sans effort, déjà sous le charme, il répondit:

— Je causais avec mon père; pardonnez-moi.

Tandis qu'un jeune homme très joli exécutait au milieu du salon des variantes sur une cadence de valse avec une blanche jeune fille haussée sur ses petits pieds, ils s'installèrent à côté l'un de l'autre, dans l'encognure de la haute cheminée de bois.

Comme elle le regardait, pour le plaisir de le bien voir après une si longue absence;

— Vous avez l'air tout soucieux, dit-elle.

Pour cacher sa gêne, il lui vint à l'esprit :

— Mais non. C'est vous, qui aviez cet air-là pendant le dîner.

A son tour, elle sembla hésiter, puis prendre une subite résolution ; regardant son éventail :

— J'avais un ennui.

Il s'effraya :

— Quoi donc ?

— Une de ces lettres que de mauvaises gens envoient par envie, ou par simple méchanceté, et que maman a reçue cet après-midi...

— Que disait-elle ?

Le jeune homme joli, qui conduisait le cotillon, vint chercher Hélène pour la figure. Et tout anxieux, pressentant un nouveau malheur — ainsi qu'il arrive aux éprouvés, — Jean suivait machinalement des yeux la jeune fille.

Assise maintenant au milieu du grand vide qu'encadraient les groupes de danseurs, Hélène barbouillait de poudre de riz tous les soupirants que le conducteur lui amenait par la main. Aux uns, elle secouait sa houppe en pleine figure ; à d'autres, elle poudrait simplement les cheveux. Elle semblait s'amuser beaucoup. Enfin elle choisit pour danseur un petit potache d'une quinzaine d'années qui sembla très fier de l'aubaine, ne soupçonnant pas qu'il devait son triomphe à son unique qualité de n'être point compromettant.

Il reconduisit la jeune fille à sa place. Elle reprit :

— Je n'aurais même pas dû vous en parler. C'est si bête, si grossier. Mais, je ne sais, j'éprouverais plus de tranquillité à vous en voir rire comme nous l'avons fait nous-mêmes, mère et moi. Cette lettre disait que vous étiez malade, très malade, que vous le cachiez, bien que le sachant. Oh ! je vous en supplie, dites-moi que c'est faux.

— Je vous l'assure.

Assoupli à dissimuler son mal, il ne songea pas dès l'abord à l'énormité du mensonge. Puis, elle se dessina. Il la considéra comme

une chute de plus, inévitable. Qu'il eût été
doux de tout lui avouer, pourtant, en ce
moment ! Mais le mensonge était accompli.
Seulement, le besoin absolu de voir la lettre,
d'en deviner l'auteur, se fit jour dans son
esprit :

— Vous avez vu cette lettre?

— Oui, elle est dans un de mes nombreux
tiroirs.

— Montrez-la-moi, voulez-vous ?

— A quoi bon ? Je vous dis que c'est une
méchanceté d'ancien concierge ou de cuisi-
nière mise à la porte.

— Qu'importe ! c'est un caprice.

— Je fais tout ce que vous voulez : venez.

Quittant le cotillon, elle l'entraîna dans le
dédale des escaliers faiblement éclairés. Subitement, ils furent dans la chambre de la jeune
fille.

Jean y pénétrait pour la première fois.
Toute bleue, les détails s'en distinguaient
mal, à la lueur douce d'une veilleuse de
plafond : à droite, le lit, très large pour un,
trop étroit pour deux ; en face, une vaste

armoire à plusieurs glaces ; et partout, des
souvenirs de bals et d'anniversaires, en
croulantes panoplies.

Hélène se dirigea vers un petit meuble
japonais aux multiples tiroirs, et tirant un
papier plié :

— Voici l'objet, dit-elle en riant.

En tous sens, d'abord droit, puis à l'envers,
Jean l'examina. Mais l'écriture contrefaite,
tracée probablement de la main gauche, ne
laissait aucun indice. Il allait abandonner
sa recherche et redescendre, car la voix de
Mᵐᵉ Francesco résonnait au bas de l'escalier :

— Hélène, Hélène.

— Ah ! Mon Dieu, maman qui m'appelle.
Je me sauve ; restez encore un peu.

Seul, Jean eut une inspiration subite : il regarda la lettre au travers, en la dirigeant vers
la lampe. Au milieu de la première page, et
plus clair dans la pâte du papier, un cercle d'é-
toiles apparut, qu'entourait une inscription :
Confrérie Saint-Joseph. N'était-ce pas cette
société dont faisait partie l'oncle Adolphe ?
Eh ! oui, le médecin de l'association, qui en

soignait tous les membres, était le docteur
Hochat. Du médecin à l'oncle, quelle suite
de hasards, de papotages, d'indiscrétions,
avait transporté la confidence ? Impossible à
savoir. Mais le fait éclatant, c'était la dé-
lation de l'oncle.

— Ah ! l'envie, la triste envie ! Comment
cette nullité, aux instincts de millionnaire,
n'aurait-elle pas souffert de l'éclatante fortune de Jean ? Tous ces instincts maladifs se
heurtaient donc au même instant, dans un
conflit de bataille, autour de l'événement du
jour ? Alors ? Aller trouver cet homme en
plein bal, lui hurler sous le nez sa lâcheté
de domestique éconduit ? Non. Il avait ainsi
agi parce qu'il souffrait, lui pauvre, de ce
mariage riche ; lui malheureux, de tant de
bonheurs sur une seule tête.

Et comme Jean songeait ainsi, une douleur
aiguë encore lui tira le flanc, le pénétra à
fond de coups d'aiguille. Il attendit, courbé
et soumis, la fin de la crise.

Sur les courtines du lit, un Christ d'ivoire
étendait ses membres crucifiés.

— Ah ! triste image, tu n'es pas l'emblème
d'un Rédempteur, mais bien de l'humanité
tout entière, qui, comme toi, porte sa plaie
au flanc !

DIXIÈME TABLEAU

Mariage

Aux orgues, dans le clair-obscur de la tribune lambrissée de vieux chêne, des gens s'entassaient, papotant, gesticulant, prodigues d'amples poignées de main, de copieuses bienvenues : un foyer d'artistes, un jour de première. A chaque instant, dans l'étroite baie de l'escalier en vis qui montait des bas-côtés, une figure nouvelle s'encadrait. Anna Pétersen, la célèbre chanteuse suédoise, parut emmitouflée de fourrures noires, le visage tout blanc, d'un blanc lumineux, comme s'il eût gardé le reflet de la

neige du dehors ; une haie d'adorateurs se
prosterna. Les enfants de la maîtrise, rangés
en ligne le long du mur, écarquillaient des
yeux énormes ; un petit rougeaud à tête rase,
tout engoncé dans une blouse neuve, poussa
le coude de son voisin, un potache trop pâle
aux yeux meurtris : « Elle sent comme chez
les coiffeurs. » Comme ils riaient, leur maître,
qui dévorait l'actrice des yeux, les fit taire
en frappant du talon et en levant un doigt.
Puis une harpe parut : on eût dit qu'elle montait seule ; on vit seulement derrière elle le
commissionnaire qui la hissait en peinant et
en geignant. Cela fit rire. A son tour, le harpiste s'avança. Il était beau comme un modèle italien qui se serait lavé.

Des journalistes suivirent, l'air gentil, sa-
luant les uns, se faisant présenter aux autres.
Avec eux, monta Blondel. Il était très correct
ainsi que de coutume, mais avec une mine
fatiguée, une attitude affaissée, comme si les
ressorts de son énergie s'étaient détendus ou
brisés. Très répandu, il donnait des coups
de chapeau, mais avec un sourire triste, sans

retenir comme auparavant les petites mains
haut gantées dans les siennes, le buste en
avant, les yeux et la bouche aimables.

Près des choristes, il s'accouda à la balustrade, penché sur l'ombre bourdonnante de
l'église. Il avait hésité longtemps à venir,
après son duel : d'une part, il appréhendait
de se retrouver auprès de la famille Nèvre ;
de l'autre, il souhaitait vivement d'assister
au mariage de son ami. Comme il rôdait aux
abords de l'église, des amis l'avaient entraîné
aux orgues, ce qui conciliait ses scrupules et
son désir.

Il examinait l'immense vaisseau, promenant ses regards sur les murs, quand une
pâle tête de saint supplicié, apparue sur les
fonds de bitume d'un tableau ancien, le rejeta à la poursuivante image de ce duel.
Vieux d'un mois, le souvenir l'en harcelait
sans cesse.

Ce qui l'effrayait surtout, ce qui lui laissait
la lourde impression d'un cauchemar, c'était
l'acharnement féroce de cette jalousie ; ce
qu'il revoyait, c'était son adversaire atteint

au cou, et, verdâtre, soutenu par ses témoins, mettant sur sa plaie ses doigts entre lesquels le sang giclait, râlant plutôt que criant : « Non, non, encore... je peux encore ; je veux... »

On l'avait emporté, et le mariage de son frère était sa première sortie.

Mais aussi, quelles terribles conditions n'avait-il pas imposées, avec ses balles échangées à trente pas au visé, jusqu'à infériorité absolue de l'un des combattants ! Lui, Blondel, avait accepté, décidé à traiter ce Nèvre en fou et à tirer en l'air. Pourquoi ne l'avait-il pas fait ? Cela le poursuivait aussi, comme le souvenir gênant d'une petite faiblesse : il se rappelait la panique subite, la peur pour sa peau qui l'avait pris devant cet homme écumant, pendant le grand silence qui suivit le premier commandement ; puis l'espèce de fascination qu'exerça sur lui la ligne du col blanc tranché par la redingote noire de son adversaire ; et enfin, cette immobilité soudaine de son bras, qui tremblait la seconde précédente.

Il voulut fuir ces souvenirs, s'appliqua à
reconnaître des silhouettes, des dos, dans la
foule. Au-dessous de lui, le grand jour, pé-
nétrant par la porte, éclairait l'entrée cen-
trale ; et se mouvant dans cette trouée de
lumière, des gens cherchaient des places,
échangeaient de brefs saluts avec d'autres
assis déjà.

Soudain, toutes les têtes, subitement éclairées, se tournèrent vers l'entrée. Dans la tribune, un murmure courut, voltigea sur toutes
les lèvres : « Les voilà, les voilà ! »

L'organiste se mit au clavier, et sur le cortège dont deux suisses majestueux scandaient
la marche lente, les orgues éclatèrent.

Elles tombaient en ondées vibrantes, cou-
lant le long des échines des frissons glacés,
pluie d'orage où roule le tonnerre ; elles mu-
gissaient en sonorités caverneuses, en fracas
de torrent qui s'écroule dans des abîmes ; et
leurs puissantes voix de métal clamaient l'orgueil des pompes magnifiques dont se traves-
tissait l'humble, le consolant symbole du mariage.

La cérémonie, insensiblement, lentement modifiée avec un rare instinct scénique, frappait actuellement tous les sens d'impressions profondes.

Blondel, toujours penché sur la balustrade des orgues, ne se défendait pas de ces sensations. Il était, comme son ami Nèvre, de ceux que l'éducation scientifique, au lieu de déprimer à jamais, comprime un temps. Cette influence ne lui avait laissé que le besoin de s'expliciter toutes ses sensations, de précise façon, de les classer, et un peu aussi, d'en enfermer le résultat dans des formules et dans des lois. De plus, ses instincts naturels, comprimés sous cette rude matrice, étouffés sans en mourir sous des chiffres et des abstractions, s'étaient réveillés exagérés, mordus d'un désir de revanche. De là, un sens plus aigu que clairvoyant de la vie, plus de subites curiosités que de penchants réfléchis.

C'est ainsi qu'en lui, au spectacle de l'église, tout s'émerveilla très vite, rien ne s'émut d'abord.

Ses yeux caressèrent les lignes majestueuses du noble édifice ; ils se plurent au contraste des vitraux versant dans la nuit de l'église leur lumière aux coloris profonds de rubis, d'émeraude et de saphir ; puis, attirés par la symétrie même du décor, ils se reposèrent sur l'autel, soleil de flammes autour duquel gravitaient, dans le ciel sombre du chœur, les constellations d'or des cierges innombrables, l'autel, où le prêtre se mouvait, parmi des gestes de théâtre, harmonieux et larges.

Mais s'en mêla la caresse des parfums. Ils montèrent en bouffées de vent chaud : ce fut l'encens voluptueux, l'encens évocateur, qui soulève des rideaux lourds sur des pénombres de harem ; ce fut le parfum âcre et blanc des tubéreuses, emblème vrai du mariage, à la fois virginal et troublant, comme des seins de jeune fille. Et voletants, se discernaient encore l'odeur des voilettes, l'odeur féminine des gants, le parfum de tant de parfums, dilatés dans la bonne, la tiède atmosphère des églises de Paris, l'hiver.

Tout à coup, une voix s'éleva, si pure, si fraîche, qu'elle prenait le cœur, l'étreignait comme une petite main nerveuse. Dans ses silences, la harpe égrenait ses accords en sanglots; puis ensemble, sans qu'on sût laquelle était la plus riche, la plus humaine, les deux voix s'envolaient aux voûtes, retombaient sur les têtes recueillies en frissonnantes harmonies.

Accords, parfums, couleurs, se fondaient, pour Blondel charmé, dans une impression unique et délicieuse; un instant, il lui sembla que l'orgue avait des accents rubis, émeraude et saphir, que la voix d'Anna Pétersen avait le parfum de la tubéreuse, et que les nuages de l'encens suspendus sur la foule n'étaient que le grand voile vaporeux et blanc de la mariée. A ce moment, il s'abandonna : de chaudes, de généreuses pensées s'activèrent dans son esprit; il fut troublé de cette grande manifestation, de tant d'amis réunis, arrachés à des soucis, à des occupations si diverses, pour venir là se frôler au bonheur de ces deux êtres agenouillés qu'il distinguait mal dans un brouillard d'encens et peut-être de larmes.

Des souvenirs d'amitié d'enfance l'assaillirent ; il se revit avec Nèvre, au lycée, se faisant, en d'interminables tours de cour, les plus folles et les plus graves confidences ; il se rappela le plaisir qu'ils éprouvaient à sortir ensemble, le dimanche, dans leurs vêtements civils de petits hommes, qu'ils tenaient toujours à la mode. Tout cela lui revenait en souffles réconfortants. Ce qui surtout l'attendrissait, c'était cette confiance absolue, cette jouissance à tout se dire, qu'ils avaient éprouvées jusqu'à l'âge d'homme. Leurs existences d'enfant étaient comme des blocs abrupts, mais qui se pénétraient par leurs rugosités mêmes : aujourd'hui, arrondies, usées, comme des boules, elles ne pouvaient plus se toucher que par un seul point.

Il regarda son ami, debout, la taille pincée dans son uniforme :

— Lui, il est heureux, soupira-t-il ; il a l'amour.

Mais la voix de la cantatrice se tut, défi-

nitivement. Et, chez Blondel, le courant des
pensées s'arrêta net. Il se retourna; il vit les
enfants de la maîtrise, inhabiles à manier
leur visage, lancer leur voix aigre avec des
contorsions de bouche qui leur fermaient les
yeux. Derrière l'orgue, Anna Pétersen repro-
chait amèrement au beau harpiste de n'avoir
point respecté la mesure.

Bientôt, ils se dénièrent tout talent. Puis,
de plus en plus familiers, ils se jetèrent à la
face, le verbe assourdi par la solennité du
lieu, des injures de portefaix dans un tutoie-
ment de trottoir : la jolie bouche qui versa
des perles, vomit des crapauds.

Cette petite scène retourna l'esprit mobile
et peureux de sentimentalité de Blondel. De
l'orgue, il ne regarda plus que le vieux édenté
à boucles d'oreille qui pompait l'air avec des
gestes las et cassés. Et tout autre aussi, lui
apparut la foule.

De quoi était-elle vraiment composée ? Des
instincts de statisticien reparurent en lui. Il
décida que la moitié des assistants n'était là
que par devoir, par nécessité de faire acte

de présence. D'autres étaient venus par curiosité mauvaise, pour amasser des potins,
s'inspirer des toilettes en les critiquant. Il
décréta qu'ils composaient le quart de l'as-
semblée. Par désir de cataloguer, il intitula
le dernier quart : divers. Il y classa ceux
que les cérémonies nuptiales attirent invinciblement, soit qu'elles éveillent en eux des
souvenirs ou des mélancolies, soit qu'ils y
trouvent une occasion de se faire voir, d'être
entourés à la sortie d'un murmure : « Voilà
Un Tel », ou qu'ils jugent la pénombre des
églises favorable à leur visage célèbre et fa-
tigué.

Très fier de son jugement, excité par cette
ironie mondaine à fleur de moustaches si fré-
quente chez ceux qui éprouvent une fausse
honte de leur sensibilité, qui la cachent sous
des dehors libertins, il se rit de cette foule
accourue pour consacrer la brutalité d'un
tel événement. Il s'offrit quelques plaisante-
ries cyniques. Mais un éclair de bon sens lui
vint : il songea que si cet usage avait résisté
aux bouleversements des modes, se trouvait

accepté dans une forme invariable, c'est qu'il
était vraiment bon en lui-même, qu'il avait
une utilité, non de surface, mais cachée : ne
détournait-il pas, par exemple, de leur cha-
grin, pour toute une journée, les parents
de la jeune fille, affectés, les pauvres, par
une séparation qu'ils avaient cru ne voir jamais arriver ? Alors, ses yeux habitués à la
demi-obscurité cherchèrent ceux auxquels le
ramenait sa pensée, parmi les fauteuils de
velours rouge et or dans lesquels ils étaient
assis.

Tout d'abord, la grande tenue du colonel
tira ses regards. Il s'avoua avec simplicité :
« Quel vieux raseur ! » Pendant tout l'hiver,
cet homme l'avait assailli de ses demandes :
« Mon cher Blondel, vous qui avez tant d'en-
tregent... » et cela se terminait toujours par
des Échos dans les grands quotidiens : « La
mise à la retraite du colonel Mouchat laisse
une place vacante dans la maison militaire
de monsieur le Président de la République.
On cite, parmi les candidats, le colonel
Nèvre, tout désigné par son passé et ses ser-

vices pour remplir ces délicates fonctions ».

Le duel avait coupé net cette intimité intéressée d'ailleurs de part et d'autre ; car, au fond, si Blondel retournait malgré tout chez le colonel, c'est qu'il prenait un vif plaisir à voir sa fille.

Il n'avait revu M. Nèvre qu'une seule fois depuis la rencontre : il s'était trouvé nez à nez avec lui, dans un café des boulevards :

— Un triste événement, avait dit le colonel, creusait entre eux un abîme qu'ils ne pouvaient, hélas! franchir si tôt, ni l'un ni l'autre...

Il avait achevé sa phrase sur un doute suspensif, attendant un mot de Blondel. Mais ce dernier, prêt d'ailleurs à partir pour l'étranger, ne s'était pas récrié.

Dans le chœur, de part et d'autre du colonel, se trouvaient Georges et Jane Nèvre ; mais Blondel ignorait dans quels rapports ils vivaient, bien qu'il eût entendu parler, trop vaguement, d'une instance en divorce. Il tenta de maîtriser l'émotion que provoquait en lui la seule vue de ces deux êtres, et vive-

ment, passa outre. Les yeux à la voûte et
tout enfoncé dans son fauteuil, venait ensuite
M. Francesco :

« Un chic bonhomme, décida Blondel ;
étonnant qu'il ait été blackboulé à l'Institut,
le jour du duel, justement. Les jeunes n'ont
donc pas voté pour lui ? Ce Ballier, leur chef
de file, qui vivait chez les Francesco, c'est
ainsi qu'il avait payé son hospitalité ? Ah ! Les
doigts dans la glaise, un grand artiste, Ballier ; mais une fois les mains lavées, quelle
sale canaille ! La plus furieuse, ce doit être
Mᵐᵉ Francesco ; une maîtresse femme, et
chic, mais ambitieuse ; pas à la mode du colonel, non : ambitieuse pour les siens. Un
cas rare. Pourquoi n'avait-elle pas enjôlé
Ballier ? Eh ! Eh ! Aurait-il voulu faire payer
sa voix plus cher qu'elle ne vaut ? »

Blondel se congratula intérieurement de tant
de perspicacité. Hein ? tout de même, quelle
comédie, là, sous ses pieds ! Voilà que la
foule se levait. Des gens se ruaient vers la
sacristie, poussant obstinément. Et il en re-
connaissait, il en devinait : des camarades de

Nèvre, en congé, venus en grand uniforme,
lorgnant les femmes et blaguant l'ami perdu
pour eux; des auteurs, des acteurs, tous les
danseurs de l'hiver, tous les invités de l'été
désireux de payer d'une poignée de main,
empapillotée dans un compliment, les repas
et le gîte offerts.

Tout cela se poussait, dans la hâte d'en
avoir fini, de retourner, qui à son labeur, qui à son plaisir. Des journalistes faisaient des mots; des hommes graves, le chapeau en l'air hors des atteintes des coudes
féroces, pontifiaient en phrases indignées.
Des actrices et des modèles s'écrasaient
contre de vieux colonels. Il s'échangea quelques cartes, et beaucoup de regards. Quelques affaires eurent des suites.

Quand la tribune fut vidée, Blondel à son
tour descendit, après un dernier regard jeté
sur l'église : des gens y reprenaient place,
pour revoir le cortège à sa sortie de la sacristie.

Mais aux dernières marches de l'escalier,
qui donnait sous le porche, Blondel fut arrêté

par une haie fournie de vieilles femmes, de
gamines en cheveux, venues pour voir les
toilettes. Tandis qu'il cherchait à se frayer
un passage, l'orgue à nouveau tonna sur sa
tête, la foule se resserra davantage, et tout
au bout, comme descendant du scintillement
jaune des cierges, la blanche robe de la mariée parut.

Le couple s'avança, passa si près de Blondel, qu'il eût pu toucher son ami de son bras
étendu.

Il fut frappé de ce pâle visage, et de la
joie profonde qui en rayonnait. Jean, comme
transfiguré, ne semblait rien voir des femmes en guenilles, du grouillement des pauvres sur les marches, rien entendre des
réflexions stupides que vomissait cette foule
grossière dans un irraisonné besoin d'éclabousser. Il allait dans le grand jour aveu-
glant, les yeux fixes, un sourire voltigeant
sur ses lèvres entr'ouvertes. A côté de lui,
Hélène semblait suivre le même rêve, le
fixant du même regard d'extase, l'accueillant
aussi du même sourire.

Ils souriaient à l'éternel « Enfin seuls! »
resté, malgré la triste banalité du chromo
populaire et le snobisme des imbéciles qui se
défendent d'un sentiment que puisse éprouver leur concierge, resté le cri vraiment humain où s'exhale la joie des amants.

Chez Jean, pas plus que chez sa femme,
ce soupir de liberté ne se mêlait d'aucun
autre souci. Depuis le matin, occupé de
mille petits soins matériels, présentations à
faire, toilettes à admirer, mains à serrer,
compliments à avaler, il avait échappé à sa
crainte torturante. D'ailleurs, il se trouvait
encore dans une de ces accalmies que les
maladies chroniques semblent ironiquement
accorder à leurs victimes.

Pendant la cérémonie religieuse, en dehors
des moments où les détails du rite le rappe-
laient à la réalité, il avait éprouvé seulement
une surhumaine félicité à toucher son rêve,
à emmener cette petite chose qu'il sentait
toute d'amour, toute à lui, après avoir craint
de ne pas vivre jusqu'à ce jour... Et cela,
sans que vinssent l'effleurer le remords de

tant de mensonges, de tant de lâchetés, et
l'anxiété du jour où s'évanouirait le rêve fée-
rique.

Pendant ce temps, le cortège défilait toujours devant Blondel : les visages, frappés
par le grand jour, avaient des clignotements
de hiboux surpris. Et que les attitudes fussent
nobles, empesées, pétries de solennité;
qu'elles affichassent un dédain gouailleur de
telles cérémonies, ou qu'elles peignissent la
condescendance d'avoir bien voulu y paraître, sur toutes les figures le clair soleil de
la gelée, vrai gamin de Paris, mettait la
même pichenette d'effarement comique.

Puis, tous les invités de marque enfournés
en voiture, la foule des petites gens sortit,
plus rapide. Des groupes se formaient, s'effri-
taient sur le trottoir :

— Vous allez au lunch?

— Jamais de la vie : j'ai faim, moi.

Des gens, qui ne se rencontraient qu'aux
enterrements et aux mariages, se reconnais-
saient, prenaient des nouvelles de leur santé
et de leurs enfants.

Mais déjà, des employés des pompes funè-
bres appliquaient des échelles au portail,
hissaient des tentures noires, préparaient
pour la mort l'église encore chaude. Cela jeta
un froid ; les retardataires s'éclipsèrent.

— Oh ! la ! la ! quelle comédie, se répéta
Blondel en relevant le collet de sa pelisse. Et
dire que Jean me répétait à tout instant qu'il
aimait la vie ; il se pâmait partout et pour
tout. Moi, je trouve ça sinistre.

Pincé par le froid, il songea à la mission qu'il
avait obtenue pour l'Oural qu'un chemin de
fer gigantesque allait franchir. Cela l'assom-
brit encore. Il revit tous les gais plaisirs parisiens si utiles à ceux qui fuient leur cœur.
Plus vivement que jamais, il sentit le vide
saignant de l'affection arrachée. Les maisons
lui parurent grises, maussades, comme des
figures aplaties et égoïstes.

Il répéta en allumant un cigare : « Quelle
saleté. »

Mais un coupé étincelant, attelé de deux
chevaux noirs, s'avançait sur lui à grande allure :

— Hop! là! cria le cocher.

Blondel se rejeta vivement sur le trottoir, et tandis qu'une belle pénitente, tournée sur le tard en lard et en dévotion, descendait du coupé et gravissait les marches de l'église :

— Allons, Jean a peut-être raison malgré tout : on a beau se ficher de la vie, on se range tout de même des voitures!

ONZIÈME TABLEAU

Luttes vaines

Un oratoire de petite princesse : déjà boudoir, et chapelle encore ; dans un cadre austère, la caresse soyeuse de mille brimborions féminins ; telle apparaît la chambre où repose Jean Nèvre.

De grosses poutres saillantes rayent le plafond. Entre elles et sur les murs, un semis d'étoiles d'or luit sur un fond bleu de France. Des verrières claires, dont les personnages délicatement modelés sont cernés d'un trait de plomb, diffusent une clarté sobre. Des tentures vieil or, aux chauds reflets, partout retombent en plis somptueux.

Enfin, couronnant l'illusion, le cabinet de travail, mi-obscur, s'ouvre en face du lit immense par une baie sans vantaux où court seulement une délicate grille de fer forgé, comme ces chapelles recueillies qui s'enfoncent dans l'abside des cathédrales, à l'abri de l'autel.

Dans ce cadre sévère, s'épanouissent curieusement le foisonnement des abat-jour roses sur les petites tables, des gerbes de bougies sur la cheminée; les facettes de flacons étalés en longues séries, les cuivres d'un secrétaire Louis XVI s'enlèvent sur les fonds sombres; des cadres de portraits intimes se posent un peu partout; enfin, dans l'imposante ordonnance des grandes lignes, les sièges bas et inviteurs, aux capitons moelleux et soyeux, surprennent...

Ce n'est qu'ensuite, après qu'a sauté aux yeux ce contraste, qu'apparaît sur une large table tout l'arsenal des flacons médicaux, depuis les petites fioles vêtues d'étiquettes

vertes et rouges, jusqu'au champagne qui
semble, par une ironie des doctrines nouvelles, présider à toutes les étapes de notre
vie, des plus joyeuses à la plus triste.

En même temps, prend aux narines cette
lourde atmosphère d'iodoforme, si péniblement impressionnante, moins par son odeur
propre, que par toutes celles qu'on la suppose voiler !

Le buste appuyé contre deux oreillers, son
pauvre visage d'ivoire jauni mangé de barbe
longue, Jean reste immobile sous le regard
attentif d'Hélène debout près du lit.

Soudain, prenant la blanche main de sa
femme dans sa main à lui, si longue, si dé-
charnée :

— Bien vrai, tu me pardonnes, ma chérie ?

— Mais que veux-tu que je te pardonne,
mon Jean ? De n'avoir pas ajouté foi aux
prédictions d'un médecin stupide, et de ne
pas me les avoir répétées ? Tu as eu bien raison, mon chéri. On ne peut pas dire ce que
sera demain. D'ailleurs, tu vois bien que tout
cela était faux, archi-faux, puisque c'est fini.

Jean n'a, pour répondre, qu'un de ces mots
cruels où se plaisent les malades dans l'in-
conscient espoir de s'entendre contredire :

— En effet, c'est bien fini !

Mais elle, déjà les yeux embués de larmes :

— Oh ! Jean, je t'en supplie. Vas-tu dire
encore que tu n'es pas guéri ? L'opération
n'a-t-elle pas réussi ?

— Si ; j'ai eu tort ; tu vois, il faut tout de
même que tu me pardonnes quelque chose.

Et il essaye de sourire, d'un sourire triste
comme des pleurs. Derrière ses paupières
recloses, il songe.

Comme il voudrait y croire, à cette opération ! Comme il s'efforce de se persuader de
son efficacité ! Toute sa volonté, toutes ses
énergies sont concentrées sur cet espoir
dernier. Il l'identifie à son immense désir de
vivre, tend vers lui tous les ressorts de son
esprit, puérilement tombé à l'idée que le
« vouloir vivre » de l'être moral exerce une
puissance réelle sur le « pouvoir vivre » de
l'être physique.

Le voici arrivé à la phase décisive de cette

lutte acharnée entre l'amour et le mal rongeur, que son aveu a mis enfin en présence.

Après quelques jours de mariage, les deux
jeunes gens avaient quitté leur hôtel d'Auteuil. Ils avaient fui l'hiver jusqu'au fond de
la Provence, à Valescure, derrière Saint-
Raphaël. Un camarade de Jean, qui reprenait la mer, leur avait offert sa villa. C'était
un ancien moulin à eau, à cheval sur une
rivièrette, parmi des sapins ; deux pièces
capitonnées, meublées avec un évident souci
d'art et de confortable, contrastaient avec
les autres chambres de la vaste bâtisse,
restées à l'abandon.

Cette idée avait infiniment plu à Jean : que
de fois, en de lointains séjours où le langage,
les mœurs, l'air même lui étaient étrangers,
le contraignaient à se replier, à vivre sur lui,
que de fois n'avait-il pas songé combien
l'amour, là, serait complet, serait recueilli,
dans l'universel isolement des êtres et des
choses ! Son rêve se réalisait en partie : ne se
pourraient-ils pas croire au delà des mers,
dans ce coin de Provence si fidèle à lui-même,

où les paysans oublient à trente ans le français appris au régiment, où les usages surprennent comme des vestiges d'art enfouis
et retrouvés, où le sol même, rugueux et
granitique, semble hostile à ce grand souffle
de nivellement qui passe sur toute la France?

La maison enfin, avec ses pendules arrê-
tées, ses livres demi-coupés traînant sur les
meubles, ses chapeaux accrochés aux patères,
leur donna l'illusion de vivre dans l'atmosphère d'une vie étrangère à la leur. Et délicieusement seuls, ils s'aimèrent. Jean connut ce
bien suprême que ne donne nulle richesse,
que ne ravit nulle pauvreté, d'effeuiller une
âme, comme une fleur, pétale à pétale, d'enlever, les uns après les autres, les voiles du
cœur comme les voiles du corps, et cela
parmi des ravissements, parmi des extases,
que double l'orgueil de les sentir partagés.

Le jour, la clémence du temps leur per-
mettait de longues promenades en forêt. Le
soir, ils restaient au coin du feu. Parfois, ils
aiguillonnaient leur solitude de pointes
poussées jusqu'aux stations balnéaires de la

côte, en plein mouvement mondain. Et que
ce fût par les nuits calmes où ne palpitent que
les regards des étoiles et les ailes des cigales,
où ne semblent chanter que les âmes des
poètes de Provence, que ce fût le jour, parmi
les souffles chauds de sapins et d'eucalyptus,
sous la grande lumière toute vibrante entre
le ciel et la mer, partout, il ne songeait à
son mal que pour s'écrier, la poitrine
élargie, les muscles forts : « Je suis sauvé,
je suis sauvé ! »

Un jour, une petite neige poudra le paysage.
Désireux de ne point gâter leurs beaux
souvenirs ensoleillés, les deux jeunes gens
revinrent à Paris. Aussitôt, ils se jetèrent au
plaisir. Ce ne fut pas chez eux besoin de
s'étourdir, de combler le vide de leur cœur
ou de leurs pensées ; ce fut seulement exubérance de vie, désir de profiter le plus large-
ment de l'existence grande ouverte devant
eux ; ensuite, ils se retrouvaient, comme à
Valescure après leurs équipées à Cannes ou
à Monaco, dans une intimité qui leur semblait plus étroite, plus silencieuse, de tout le

tumulte traversé. On les vit à toutes les premières : celles qu'offre le monde et celles qu'offrent les théâtres. Hélène, tour à tour riait, pleurait, palpitait à chaque sentiment nouveau découvert en elle. Jean lui expliquait ce qui restait pour elle d'obscur dans chaque intrigue au théâtre et à la ville ; et il s'émouvait de la voir ainsi éclore, tout près de lui.

Ce fut à ce moment que le Mal revint, impérieux. La vie double recommença : chaque plaisir amena sa réaction de peine ; chaque joie fut gâtée de l'appréhension qu'elle restât sans lendemain. Jamais la situation n'avait été plus nettement cruelle. Les causes mêmes de sa torture étaient bien de même essence qu'avant son mariage, mais toutes s'étaient aggravées : il avait toujours le même amour profond de la vie, la même peur de la mort ; mais le dénouement se rapprochait. Il avait eu comme l'appréhension de commettre un crime : il avait le remords de l'avoir commis. Enfin le contraste de sa vie extérieure et de son atroce souci

devenait plus frappant, chaque jour : quand,
dans ses naïves caresses, Hélène l'enlaçait de
ses bras, répétant tout bas, écrasant les mots
dans ses baisers : « C'est à moi, c'est bien à
moi, ce mari-là », il avait envie de crier :
« Non, ce n'est pas à toi ; c'est au mal, c'est
au souci qui ronge mon cœur, qui ronge mon
corps, qui grignote les secondes de ma vie ! »

Ah ! Certes, il ne s'était pas trompé ;
l'amour avait bien triomphé, chassant jusqu'au souvenir, jusqu'à la hantise du mal.
Mais la victoire avait été brève, rendant la dé-
faite plus amère.

Alors, un soir, rentrant d'un bal, dans la
grande chambre nuptiale, un soir où il souffrait plus, où elle était plus tendre, plus
câline, il s'était jeté à ses pieds, et dans des
sanglots, ces sanglots troublants d'homme
agenouillé, il lui avait tout raconté, sans
essayer de vaine justification, n'invoquant
que son grand amour, et son secret espoir
d'une erreur de la science.

Chez elle, ce fut une stupeur ; il lui sembla
qu'on lui annonçait sa propre mort. Elle

était restée inerte, comme une chose ; et son
être anéanti d'un coup de douleur trop
brusque, trop inattendu, ne s'était ranimé,
n'avait ressuscité, qu'au souffle de l'adorable
charité féminine. Ses premiers mots furent
pour nier la prophétie trop absolue, pour
consoler, pour réconforter, tandis que pleurait toute son âme. Elle prêcha la confiance,
elle promit la guérison, tandis que le doute
tombé comme une goutte d'acide sur son
cœur le rongeait et le dissolvait.

Et elle ne lui reprocha d'avoir caché son
mal que parce qu'il avait ainsi empêché de
le combattre.

La lutte, en effet, avait aussitôt commencé.
Des consultations eurent lieu. Des spécialistes
aux noms retentissants furent appelés. Une
saison d'eau suivit : triste étape, parmi les
vastes hôtels vides, les kiosques de musique
balayés de feuilles mortes, les parcs frileux
sous le printemps indécis. La cure prenait à
Jean toute la matinée. Il la suivait religieu-
sement, sans rien esquiver des prescriptions
imposées. Il était entré dans une nouvelle

phase : après avoir caché son mal, il pouvait maintenant s'en occuper ouvertement, se pencher sur lui, en vivre. Il lisait avidement ces livres de médecine aux gravures terrifiantes, aux conclusions pessimistes, qu'il avait fuis jusqu'alors, plein de répulsion et d'angoisse. Et dans son espoir revenu de vivre, il s'efforçait puérilement d'éprouver une amélioration, après un jour ou deux d'un traitement nouveau.

Il revint au bout d'un mois. Il fallut s'avouer qu'une opération était nécessaire.

Et c'était encore un des étranges tableaux de la lutte contre le mal, cette maison de la rue Bizet où le chirurgien avait ordonné qu'on transportât Jean : de longs corridors nets et cirés, des chambres froides, où glissaient silencieusement des sœurs en cornettes. Plusieurs célébrités médicales envoyaient là leurs riches clients, préférant aux chambres luxueuses, assombries de tentures, cette propreté monacale et claire. Toutes les maladies se trouvaient ainsi réunies, arrachant parfois aux patients des cris qui troublaient le silence

des couloirs calmes, clamant l'infinie variété
de nos misères secrètes, toute l'ardeur à
vivre, souvent vaincue, de ces malheureux
comblés par la Fortune.

Une lacune restait dans le souvenir de
Jean : l'opération. Jamais les malades n'en
étaient prévenus. Un jour quelconque, on les
endormait au chloroforme, sous le prétexte
d'en essayer sur eux l'effet ; aussitôt, on les
transportait dans la salle d'opération, vaste
pièce au jour abondant et cru, aux murs de
faïence blanche ; de là, ils étaient ramenés
dans leur chambre, où seulement on provoquait leur réveil.

Huit jours après, Jean put être reconduit
à Auteuil. Etait-il guéri ? Tous s'efforçaient
de le lui faire croire, les médecins avec leurs
phrases lentes et ambiguës, sa femme avec
tout l'emportement, toute la fougue de son
admirable amour.

Et maintenant encore, le corps anéanti
mais l'esprit en fièvre remuant les souvenirs,
un apaisement se répandait en lui, de cette
petite main qu'il avait gardée dans la sienne,

de la chère présence attentive et silencieuse.

Quelle religion, quelle croyance même aveugle aurait pu apporter un tel adoucissement à sa souffrance?

Tant qu'il avait gardé l'apparence et l'illusion de la santé, il trouvait même dans ses caresses l'oubli absolu de ses craintes. Aujourd'hui que le mal l'avait terrassé, elle apportait encore dans son regard, dans ses paroles, dans le frôlement de ses mains, une sorte de sérénité insoupçonnée : il lui semblait redevenir un petit enfant malade, pas très malade, qui se laisse soigner, et gâter, sans souci de Demain.

Il avait bien des brusques réveils, des lucidités effrayantes, où le désespoir de tout ce qu'il allait perdre de joies, de tout ce qu'il allait laisser de larmes derrière lui, lui apparaissait avec des horreurs de gouffre subitement éclairé. Mais il les fuyait, il les trompait.

Il rouvrit les yeux, sentant la vision proche :

— Quelle heure est-il?

— Cinq heures, mon chéri.

— Cinq heures ! Tiens, au lycée, c'était
l'heure où nous sortions de classe. On nous
donnait un morceau de pain, et moi, je com-
mençais à tourner autour de la cour avec
Blondel. A Polytechnique, c'était l'heure où
nous rentrions dans nos salles, au contraire,
après la grande récréation. Et à bord, c'était
l'heure de la soupe... A bord !

Il s'arrête. On sent que ce mot-là fait passer
devant ses yeux des horizons de mer, l'infini
du large, tout un passé de courses vaga-
bondes, de haltes étranges et mélancoli-
ques. Et de nouveau, il reprend, craignant
de tomber dans la tristesse des évocations
qu'on ne revivra plus :

— Voilà que je me mets à raconter mes
souvenirs d'enfance, comme les vieilles gens.
Je me rappelle le grand-père de papa, qui
avait été soldat sous le premier empire. Il
était vieux comme tout, et dans le fauteuil
où on le mettait, près de la fenêtre, il chantait toute la journée, tout seul ; quand on lui
demandait : « Qu'est-ce que vous chantez
donc là, grand-père ? » il répondait : « Les

chansons que maman m'a apprises, quand
j'étais petit ». Et il avait près de cent ans !

Moi aussi, j'aime bien causer du temps où
j'étais un petit enfant. Ça ne te fait rien, dis,
ma chérie ? Si tu savais comme maman était
bonne, oh ! mais, bonne. Papa, lui, c'était
autre chose. Il ne me gâtait pas beaucoup en
paroles. Mais parfois, il avait des mouvements de bonté... comment t'expliquer ? Ses
yeux se plissaient, sa bouche remuait, et je
le sentais troublé, proche de moi comme si
son cœur était à nu. Tiens, un jour, j'avais
concouru à un de ces petits examens d'enfance, vers onze ans, qui sont si émouvants
parce qu'ils sont les premiers. Le soir, nous
avions été voir tous les deux les résultats qui
étaient affichés à la mairie, derrière un gril-
lage. Figure-toi que j'étais le premier sur je
ne sais combien, des tas. Alors nous sommes
revenus à la maison, lui me tenant la main ;
et quand nous étions dans les rues désertes,
il se baissait et il m'embrassait en disant :
« Il est le premier, il est le premier ! » Et lui
si froid, il pleurait presque, mon papa.

Et maman ! Si tu savais comme les garçons sont méchants avec leur mère. Ils ne comprennent pas. Moi, je n'ai senti combien j'étais cruel qu'à sa mort ; j'avais vingt ans. Dans la peine que j'ai éprouvée, il entrait le remords des petits chagrins que je lui avais faits, comme ça, inconsciemment, et que je ne pourrais jamais, jamais réparer en attentions gentilles et caressantes. Tu te demandes quels chagrins je lui causais ? Mais c'était, tous les jours, des refus, des ripostes que je lui lançais à la légère et qui la blessaient comme des balles au cœur. Tiens, parfois, le dimanche, elle se faisait belle, et elle me demandait : « Veux-tu venir te promener avec moi, Jean ? » et je lui répondais : « Non », pour courir avec des camarades d'un jour, pour faire l'homme, bêtement, sans savoir qu'elle enlevait son joli chapeau, sa robe qui la faisait si jeune, en pleurant.

Vois-tu, il faut bien s'aimer. C'est si bon, si réchauffant. On ne peut priser les belles choses, on ne peut en créer, on ne peut vraiment jouir de la vie, en supporter les chocs et en goûter les joies, qu'avec un tendre cœur près du sien.

Mais père ne vient pas. Pourtant, c'est son heure.

Chaque soir, en effet, depuis que Jean avait été ramené à Auteuil, son père et madame Francesco passaient régulièrement quelques minutes auprès de lui. Les médecins avaient autorisé ces courtes visites ; elles étaient devenues une sorte d'habitude : l'idée de mort entre si difficilement dans l'esprit qu'il faut l'imminence du dénouement, on ne sait quel avertissement suprême et latent pour qu'elle y pénètre enfin, d'autant plus effarante qu'elle fut plus réfractaire à naître tant que le malade agit, parle, conserve les apparences de la vie.

Un coup heurta discrètement la porte, et madame Francesco entra. Hélène lui avait toujours caché que Jean connaissait depuis longtemps sa maladie ; aussi, sans ressentiment contre lui, était-elle uniquement frappée dans son affection pour sa fille si brutalement éprouvée et pour Jean qu'elle aimait déjà comme un fils.

Elle resta peu, posée sur le bord d'un pouf, apportant dans l'air affadi et lourd de la chambre des senteurs fraîches du dehors, de la sève débordante de juin, un peu des gaietés du soleil dans les plis de sa robe claire.

Éloignée de l'idée d'une issue fatale, interprétant les oracles des médecins dans le sens qu'elle désirait y donner, elle croyait bien faire en égayant l'isolement du malade avec les papotages mondains dont elle le savait friand, causant des départs prochains, du Grand Prix, de la nouvelle vacance à l'Académie... Et chaque mot tendait devant les yeux de Jean des panoramas pleins de lumière : les tribunes remplies à crouler, et des plages fleuries d'ombrelles.

A peine madame Francesco était-elle partie, qu'un coup de timbre vibra dans l'escalier. Un domestique tendit une carte sur un plateau.

— Ah! s'écria Hélène, ton ami Blondel !

— Comment, il est rentré de Russie ? dit Jean. C'est vrai, déjà six mois depuis son départ. Qu'il monte, qu'il monte vite; je sens que cela me fera du bien.

Instinctivement, ils se tendirent les bras, et fraternellement, s'embrassèrent.

Pour Jean, Blondel incarnait tout un temps lumineux de saine vie, et il en oubliait les querelles récentes, le duel, épisodes que les derniers événements de son existence rejetaient aux pénombres du second plan.

Dès qu'elle les vit causant, Blondel assis sur le lit, gardant dans ses mains celles de son ami, Hélène s'esquiva, toujours légère et silencieuse, pour donner des ordres.

Aussitôt que la porte fut refermée sur elle :

— Eh ! bien, mon vieux, je suis fichu !

— Voyons, Jean, quelle plaisanterie : et l'opération ? Affaire de temps, maintenant. J'ai vu Hochat. C'est ce qu'il m'a répété.

— A moi aussi, c'est ce qu'il m'a dit. Il fait son métier, cet homme.

— Jean !

— Mais tu ne sais pas, mon pauvre ami, que le jour même où tu m'as conduit chez lui, il m'a tout confié, dans un moment de franchise malheureuse !

— Alors, laquelle des deux fois a-t-il dit la vérité ?

— Tiens, ne discutons plus. Cela me fatigue. Causons de nous. Quand es-tu revenu ?

— Il y a deux jours.

— Bien guéri, toi ?

— Je te le jure.

— Merci. Vois-tu, il faut que Jane et Georges vivent ensemble. Actuellement, Jane est chez son père, avec sa fille, et Georges vit seul. Mais je voudrais qu'il comprenne quels sont ses torts, qu'il essaye de se maîtriser.

Si tu savais comme j'ai réfléchi depuis que je me sais malade ! Où le monde qui va, qui juge en courant, ne voit que des méchants et des imbéciles, il n'y a bien souvent que des malades.

Il s'animait, les pommettes rouge-brique, enflammées de fièvre :

— Tiens, regarde autour de nous : tu crois que ce n'est pas pareil, Georges avec sa jalousie qui le rend injuste, l'empêche de jouir de la vie, qui l'empoisonne, et moi, moi avec ce mal que je me connaissais, qui venait se

placer entre mes yeux et l'espoir des lende-
mains et qui m'empoisonnait, lui aussi. L'un
et l'autre, est-ce qu'ils n'éclatent pas, après
avoir couvé, sourdement grondé?

Regarde encore les Ballier, les Francesco,
toute la bande, mangés d'ambition, rongés
de soucis d'art ou d'argent, ou dévorés
d'envie comme mon oncle Adolphe ; d'autres, avec des maladies du corps, tous ca-
chant leur mal, mais y obéissant aveuglé-
ment, comme lancés par lui suivant une
trajectoire qui ne s'écarte jamais de sa route,
à travers le bien comme à travers le mal.

Tu me disais souvent que j'étais bon : je
n'étais qu'indulgent.

Il se leva à demi, l'angoisse sur la face :

— Allons, voilà que ça me repince.

Puis, à nouveau retombé sur les oreillers :

— Tu me promets, n'est-ce pas, pour eux...
tu seras indulgent aussi, toi ?

— Mais tu m'y aideras, Jean.

— Non. J'ai mon compte. Sauve-toi, tu
m'as fait trop parler ; je n'en puis plus. A
bientôt.

— Je reviendrai demain.

Jean lui fit un signe de sa main lasse, et lui sourit : « Dire que je ne le reverrai peut-être plus », songea-t-il.

— Je voudrais voir père, répéta-t-il à Hélène revenue près de lui.

— Il va venir ; tu sais bien qu'il est toujours très occupé, toujours pressé...

— C'est vrai, l'avancement.

— Tiens, le voici.

En effet, un pas précipité escaladait l'escalier. Le colonel, les gants blancs encore aux mains, le képi sur la tête, s'avança rapidement vers le lit :

— Nommé, mon cher enfant, nommé à la maison militaire du Président ! Tu vas bien ?

Jean sourit faiblement.

— Mieux, merci. Alors tu es heureux ?

— Ah ! Je n'ai pas le temps d'y penser. Il va falloir déployer une activité, un tact...

— Progresser encore ?

— Tout est là. Et tu verras, mon Jean, quelle bonne vie tu mèneras, dès que tu vas être remis, avec ta petite femme : pas de

fêtes, pas de bals, sans que vous y soyez
invités. Vous serez de tout.

Déjà, il distribuait les faveurs, faisait valoir les avantages de la place. Puis, subitement :

— Allons, je me sauve. Bonne mine, ce
soir, mon Jeannot. A demain.

— Reste encore un peu, papa.

— Pas une minute à moi.

— Je t'en prie, petit père.

— Allons, voyons, grand enfant; à demain.

Jean se tut. Mais quand il eut entendu,
après la descente précipitée de l'escalier, la
porte se refermer, il dit tout haut, comme se
parlant à lui-même :

— Je ne sais, mais j'aurais voulu que père
restât.

La nuit est tombée. Hélène allume elle-
même une lampe à grand abat-jour et la
chambre se teinte d'une ombre rose.

Soudain, dans le silence — si complet
qu'on entend les battements d'une petite
pendule posée sur un coin de table — une

15

plainte s'élève, qui se prolonge, qui s'enchaîne, ininterrompue :

— Oh! j'ai mal! comme j'ai mal!

— Qu'est-ce que tu ressens, mon Jean ?

— Je souffre : oh! si tu savais!

Puis un silence. Hélène, effarée, sonne, jette des ordres, envoie chercher les médecins. Puis elle retourne auprès du lit, donne à Jean sa main qu'il prend dans la sienne, l'apaise de cette fraîche caresse.

Mais voici que le malade exhale à nouveau sa plainte, d'une voix inégale, tantôt faible, tantôt rauque, comme la trace d'un style qui mord plus ou moins le métal à graver :

— Non, non, je ne veux pas mourir : qu'est-ce que j'ai fait, qu'est-ce que j'ai donc fait? Non, je ne veux pas. Oh! ma chérie, défends-moi, prends-moi tout près, tout près de toi. La vie est si bonne, si infiniment bonne. Je la veux encore, avec toi. Dis, les livres, la famille, les théâtres, et nos petits soupers, les bonnes choses, les bonnes petites choses qui nous rendent gais et heureux. Promets-moi, nous aurons tout cela? Et la

mer, les canons, les saluts aux couleurs, qui
donnent des grands coups au cœur. Vois-tu,
moi, j'étais né pour être poète, pour aimer
et faire aimer tout ce qui est beau et bon.
Qu'est-ce que j'ai fait, voyons? Je veux rester, je veux avoir toujours ton petit cœur, ta
petite bouche. Il me semble que tu es quelque chose de moi, et que je ne peux pas m'en
aller, puisque tu restes!

— Mon Jean, mon Jean...

— Oh! si on me sauvait! si quelqu'un, si
un hasard me sauvait! Et ils disent qu'il y a
une providence! Mais je n'ai rien fait de
mal. De quoi donc m'a puni le coup qui m'a
frappé? Je sens que j'étais si aimant, si bien
fait pour vivre : je t'adorais tant!

Ses lèvres violaçaient, se gonflaient d'un
sang mauvais; les paroles s'en échappaient
par volées, entre des silences.

Enfin, il se tut, las d'avoir tant parlé.

Mais, dans sa tête en feu, d'autres pensées
dansaient, passaient encore en bandes folles.
Il revoyait cette société brillante et choisie
au sein de laquelle il s'était trouvé subite-

ment placé ; puis les domaines immenses de
Sermizelles, toute la colline et toute la
vallée ; et ici comme là, le nom de sa femme
populaire autant qu'aimé. Il s'avouait alors
naïvement : « J'étais une force : que ne se-
rais-je point devenu avec de tels appuis ? »
Un domestique entr'ouvrit la porte et les
deux médecins entrèrent : Hochat s'avança le
premier avec un consolant «Eh! bien, qu'est-
ce que nous avons donc, ce soir ? »

Un de ses élèves le suivait, si semblable au
maître, qu'il en paraissait une reproduction
un peu rajeunie. C'était le même profil napo-
léonien, la même coupe géniale de cheveux,
la même redingote sévère et jusqu'à la même
cravate noire : seul, le col un peu moins
haut chez l'élève témoignait de la supériorité
du maître.

Hochat, éclairé par son compagnon, étudia
au sphygmographe le pouls du malade :
chaque jour, il obtenait ainsi des diagram-
mes qu'il comparait ensuite.

Cet examen fait, il hochait la tête :

— Allons, un peu de fièvre : si nous

sommes ainsi ce soir, nous ferons une petite
piqûre.

Il salua gravement Hélène, sans paraître
voir ses yeux suppliants. Dès qu'ils furent
dans l'escalier :

— Pauvre diable, dit Hochat. C'est une
affaire d'heures. Il peut être empoisonné
d'un moment à l'autre.

— Ce que c'est que nous, observa l'élève.

— Pauvre petite femme, surtout.

— Oh! elle est si jeune. A propos, l'opération n'a donc pas réussi?

— Il aurait fallu tout enlever. Je m'en suis
aperçu aussitôt après l'incision : il n'y avait
plus qu'à recoudre, ce que j'ai fait.

— Et dans ce cas, questionna le jeune
homme, que dites-vous à la famille?

— Nous respectons toutes ses illusions.

Ils étaient à la porte. Ils se firent quelques
cérémonies, toujours graves, sans laisser
deviner l'intention farceuse des mots.

Dans la chambre, Jean trouvait encore des
forces pour des paroles, répandant sa douleur en cris d'injustice et d'amertume.

Hélène s'efforçait de le calmer :

— Mon bon chéri, ne parle pas ainsi. Je suis là, je ne te quitterai pas. Je t'en prie, sois sage.

Elle passa sa main sur le front brûlant de son mari, sur ses joues maigres.

— Oui, c'est bon, tes mains, encore.

Elle l'embrassa, en l'effleurant d'une caresse légère.

Alors il ferma les yeux, murmurant :

— Je suis bien.

Puis comme dans un rêve, d'une voix de petit enfant, bien douce, bien égale, il dit :

— Quand tu me caresses, je suis guéri. Tu m'embrasseras bien fort, et je ne tarderai pas à me lever. Tu verras quels beaux voyages nous ferons. Oh! nous n'irons pas à terre; nous regarderons les villes de la rade : elles sont bien plus belles, parce qu'on ne les sent pas, tu comprends, on ne voit pas les petits détails. Tu auras une jolie chambre sur le yacht : blanc et or. Et maman aussi : pauvre maman! nous l'emmènerons; j'ai été si méchant avec elle.

Hélène se redresse, effrayée. Il délirait si tranquillement, qu'elle ne s'en aperçut qu'à son projet d'emmener sa mère.

Elle eut peur, et voulut le réveiller. Alors il dit simplement :

— Je te fatigue ? Je me tais.

Elle l'enveloppa de caresses, parce que c'était son seul apaisement. Elle surmontait, dans son admirable amour, toutes les répugnances de sa chair, récompensée à l'air de torpeur délicieuse de Jean. De temps en temps, il avait seulement des petits mots de bien-être. Ils devenaient de plus en plus rares, de plus en plus faibles.

Puis, il exhala un soupir triste comme une plainte, et sa femme, qui le tenait étroitement embrassé, sentit ce souffle sur ses lèvres.

Ce fut tout : le dernier soupir de Jean, ce qui lui restait de vie, était passé en elle, dans un baiser.

DOUZIÈME TABLEAU

Les Défaites

Quand la foule sortit de la petite église
d'Auteuil, elle fut éblouie de soleil : un soleil
de juin, implacable, qui enlevait vigoureuse-
ment les vêtements de deuil sur la muraille
lumineuse à force d'être blanche.

À ce moment, beaucoup de gens s'esqui-
vèrent. Il y eut de petites luttes de conscience.
Des groupes se formaient, qui stationnaient
à dessein. Blondel entendit :

— Vous allez au cimetière ?

— Ah ! non, merci ; j'ai faim.

Juste comme pour le lunch, six mois auparavant !

Heureusement, la distance était courte de l'église au cimetière de Passy. Cette considération rejeta bien des gens dans le droit chemin.

Cahotant, secouant les fleurs de ses couronnes sur le pavé, le char s'ébranla. Tout le cortège suivit. Un peu de vraie tristesse assombrissait les visages : tandis que la mort d'un indifférent arrivé aux bornes ordinaires de l'existence ne frappe que ses contemporains — et encore, ne s'attendrissent-ils inconsciemment que sur eux-mêmes, — les fins prématurées produisent une émotion générale : anormales, elles troublent la quiétude où l'on voudrait dormir, la confiance que l'on voudrait avoir dans les grandes lois naturelles.

Tout en marchant, on s'entretenait à voix basse des circonstances qui avaient entouré cette mort imprévue :

— Sa femme n'assiste pas ?

— Il paraît qu'elle est dans un état complet de prostration.

— Il lui a passé dans les bras. Elle était seule et à cent lieues de s'y attendre.

— C'est horrible.

— Où a-t-il attrapé ça ?

— Dans le Laos, il paraît.

— Pauvre garçon ! une jolie femme, intelligente, riche.

— C'était trop beau.

Peu à peu, pourtant, le diapason des conversations s'éleva. Des hirondelles striaient le ciel, invisibles presque, devinées plutôt à leurs cris joyeux, ivres de lumière et d'espace.

Le soleil torride chauffait les crânes à les fendre. Timidement, cherchant des yeux un voisin qui leur donnât l'exemple, des gens se couvrirent. Puis, par la transition facile des phrases innocentes :

« Quelle belle journée ! »

« Mauvais temps pour les théâtres », les groupes glissèrent à leurs entretiens familiers. On trompa la lenteur de l'allure en

causant métier, en se contant les derniers
potins :

— C'est justement demain que Francesco
se représente aux Beaux-Arts. Dites donc,
Ballier, croyez-vous qu'il passe ?

— C'est possible, répondit évasivement le
sculpteur.

— Il ne se compromet pas, dit une voix au
rang suivant.

— Non, il compromet les autres, riposta
le voisin.

— Dans cette famille-là, il n'y a que le père
qui ait de la chance. Pendant qu'il ouvre les
portières au premier magistrat de la République, un de ses fils meurt, l'autre divorce.

— Comment, c'est déjà fait ?

— Il connaissait un avocat, ça suffit...

— Pour être trompé ?

— Mais non, pour activer la procédure.

On arrivait. Le cimetière de Passy n'est
pas triste. Les tombeaux, d'aspect riche,
sont nichés dans la verdure. La pierre y a
pris cette teinte grise, familière aux yeux,
des monuments déjà anciens où la mort

n'est plus qu'un souvenir. Contenu par de puissants murs de soutènement, il domine en terrasse la place et l'ancienne avenue du Trocadéro, si bien que passants et trépassés se frôlent presque. En face, de somptueux hôtels s'élevaient parmi des jardins, contraignaient à l'opposition facile du néant et des richesses.

Les voitures s'arrêtèrent devant le caveau de la famille Francesco. Un prêtre descendit d'abord, déboula plutôt, aidé par ses acolytes. Très gros, très rouge, tout congestionné, il semblait pâmé par l'étouffante chaleur ; d'ailleurs, c'était pour tous la même oppression, le même halètement sourd dans le bourdonnement des mouches triomphantes. Les hommes épongeaient leur front découvert, les femmes s'éventaient discrètement de leur mouchoir, risquaient des ombrelles ; et les chemises des fossoyeurs se mouillaient à la ceinture.

Le prêtre prononça les paroles d'usage, tandis que les enfants de chœur se penchaient pour apercevoir le cercueil.

Un monsieur très poli, très correct, aligna la famille le long des tombeaux.

Et le défilé commença.

L'effort de chacun à ne pas laisser choir le lourd goupillon de métal, à bien dessiner dans le vide le signe rédempteur, apparaissait dans la raideur du geste, en même temps qu'une invincible, inconsciente curiosité jetait les bustes en avant.

Dans ce salut dernier à la pauvre dépouille, à cette chose qui avait pensé, agi, aimé, tous s'inclinaient devant le Mal. Tous le connaissaient sous des formes diverses et pourtant de même essence. Tous s'humiliaient devant son œuvre, et tremblaient, le sentant en eux.

Toujours, le défilé continuait, courbait toutes les nuques, les nuques rondes des jeunes femmes, les nuques mâles des brillants officiers, les nuques chenues des vieillards.

Restait encore une étape : les banales condoléances qu'on souffre de prodiguer parce qu'on les sait inutiles, mais qui sont une façon de montrer qu'on est venu.

Le colonel pleurait. Il voulut sortir son
mouchoir, et pour ce, ôter ses gants. Embarrassé de son képi, il les enleva en tirant
avec ses dents ; et sa pauvre figure limée de
soucis, où les larmes trouvaient des sillons
tout tracés, était plus pitoyable encore dans
ce geste puéril. On lui murmurait des phrases
inintelligibles. Un de ses chefs du ministère
vint à lui :

— Quel coup terrible, mon pauvre ami !
Croyez à mes sympathies.

Tout pleurant, mais à voix haute, le colonel
répliqua :

— Leur témoignage m'est bien cher. Le
président de la République a bien voulu lui-
même m'adresser ses compliments de condo-
léance, et vous ne sauriez croire combien
j'en ai été touché.

Madame Francesco restait muette sous ses
longs voiles de crêpe. Des dames l'embras-
saient à tout instant. Son être se dédoublait :
l'un était tout à la douleur, l'autre continuait
son rôle actif. Elle songeait en pleurant.
Justement madame Armandie vint l'em-

brasser bruyamment sur les deux joues :

— Pauvre chère amie !

— Chipie, va, pensa madame Francesco.

Dans la voiture qui les avait amenées au cimetière, la femme de l'auteur n'avait cessé de glorifier son écrivain de mari : « Figurez-vous, ma chère, qu'il a une pièce reçue au Gymnase, une à l'Ambigu, une à correction au Français. Nous comptons beaucoup sur l'Odéon. Un triomphe. »

Madame Francesco en était mordue au cœur.

Les dernières poignées de main s'échangeaient. Les groupes noirs s'égrenaient ; une hâte rendait les gens légers.

Ballier vint saluer la femme du sculpteur. Les compliments échangés, il dit, montrant ses dents blanches sous ses lèvres rouges :

— J'ai fait un pointage pour demain...

Elle répondit hardiment, les yeux dans les yeux :

— J'irai le voir.

Blondel, resté en arrière, savourait avec volupté le calme de ces spacieux quartiers.

Le temps splendide souriait aux hommes.

— Allons, ce pauvre Jean décidément avait raison : la vie est bonne. C'est une maîtresse qu'on sait perfide et rosse, mais si voluptueuse. On a envie de la battre et on l'adore. Et puis, il faut bien un équilibre entre la joie et la tristesse : d'où cette petite bête inquiétante et mortelle, dont la morsure attaque aussi bien l'âme que le corps... tôt ou tard.

Il élargit sa poitrine, rejeta en arrière ses coudes et sa tête.

Sur la place, de sa victoria arrêtée, Anna Pétersen lui faisait des signes en agitant son ombrelle de dentelle. La chanteuse était sa maîtresse depuis Saint-Pétersbourg : un mois déjà !

Il ajouta en lui-même, un peu ironiquement, en sautant à côté d'elle :

— On vit de son mal... jusqu'à ce qu'on en meure.

FIN

16

TABLE DES MATIÈRES

ÉMILE COLIN — IMPRIMERIE DE LAGNY

Extrait du Catalogue de la Librairie
E. FLAMMARION, Éditeur, rue Racine, 26
PARIS

AUTEURS CÉLÈBRES

A 60 CENTIMES LE VOLUME

La collection des *Auteurs célèbres* à **60** centimes le volume a été créée en 1887. Son but est de mettre entre toutes les mains de bonnes éditions des meilleurs écrivains modernes et contemporains. Avec des caractères très lisibles, sous un format commode et digne de tenir une belle place dans toute bibliothèque, il paraît chaque semaine un volume qui constitue toujours un tout complet. Depuis la fondation de cette publication, plus de **cinq millions d'exemplaires** ont été répandus dans l'univers. Elle a exercé une influence incontestablement heureuse sur la diffusion du goût de la lecture dans toutes les classes de la société, en même temps qu'elle a propagé à l'étranger l'usage et l'action de la langue française. C'est là un beau résultat.

Voici la nomenclature complète des ouvrages composant à ce jour la collection des *Auteurs célèbres*, à laquelle collaborent toutes nos célébrités.

AICARD (JEAN)	Le Pavé d'Amour.
ALARCON (A. DE)	Un Tricorne. (Trad. de l'espagnol.)
ALEXIS (PAUL)	Les Femmes du père Lefèvre.
ARCIS (CH. D')	La Correctionnelle pour rire.
—	La Justice de paix amusante.
ARÈNE (PAUL)	Le Canot des six Capitaines.
—	Nouveaux Contes de Noël.
AUBANEL (HENRY)	Historiettes.
AUBERT (CH.)	La Belle Luciole.
—	La Marieuse.
AURIOL (GEORGES)	Contez-nous ça!
BEAUTIVET	La Maîtresse de Mazarin.

SOULIÉ (FRÉDÉRIC)....... Le Lion amoureux.
SPOLL (E.-A.)............ Le Secret des Villiers.
STAPLEAUX (L.)......... Le Château de la Rage.
STERNE................. Voyage sentimental.
SWIFT.................. Voyages de Gulliver.
TALMEYR (MAURICE)..... Le Grisou.
THEURIET (ANDRÉ)...... Le Mariage de Gérard.
     —   Lucile Désenclos. — Une Ondine.
     —   Contes tendres.
TOLSTOI (COMTE LÉON)... Le Roman du Mariage.
     —   La Sonate à Kreutzer.
     —   Maître et Serviteur.
TOUDOUZE (G.)......... Les Cauchemars.
TOURGUENEFF (I.)....... Devant la Guillotine.
     —   Récits d'un Chasseur.
     —   Premier Amour.
UZANNE (OCTAVE)........ La Bohème du cœur.
VALLERY-RADOT......... Journal d'un Volontaire d'un an.
          (Ouvrage couronné.)
VAST-RICOUARD......... La Sirène.
     —   Madame Lavernon.
     —   Le Chef de Gare.
VAUTIER (CL.).......... Femme et Prêtre.
VEBER (PIERRE)......... L'Innocente du Logis.
VIALON (P.)............ L'Homme au Chien-muet.
VIGNON (CLAUDE)....... Vertige.
VILLIERS DE L'ISLE-ADAM. Le Secret de l'Échafaud.
VOLTAIRE.............. Zadig. — Candide. — Micromégas.
XANROF................ Juju.
YVELING RAMBAUD...... Sur le tard.
ZACCONE (PIERRE)...... Seuls!
ZOLA (EMILE).......... Thérèse Raquin.
     —   Jacques Damour.
     —   Jean Gourdon.
     —   Sidoine et Médéric.
     —   Nantas.
     —   La Fête à Coqueville.
     —   Madeleine Férat.

(Envoi franco contre mandat ou timbres-poste français.)

ÉMILE COLIN — IMPRIMERIE DE LAGNY

AVIS DE L'ÉDITEUR

Le but de la collection des *Auteurs célèbres*, à **60** *centimes* le volume, est de mettre entre toutes les mains de bonnes éditions des meilleurs écrivains modernes et contemporains.

Sous un format commode et pouvant en même temps tenir une belle place dans toute bibliothèque, il paraît chaque quinzaine un volume.

CHAQUE OUVRAGE EST COMPLET EN UN VOLUME

En jolie reliure spéciale à la collection, 1 fr. le volume.

(ENVOI FRANCO CONTRE MANDAT OU TIMBRES-

PARIS. — IMPRIMERIE E. FLAMMARION, RUE RACINE, 26.

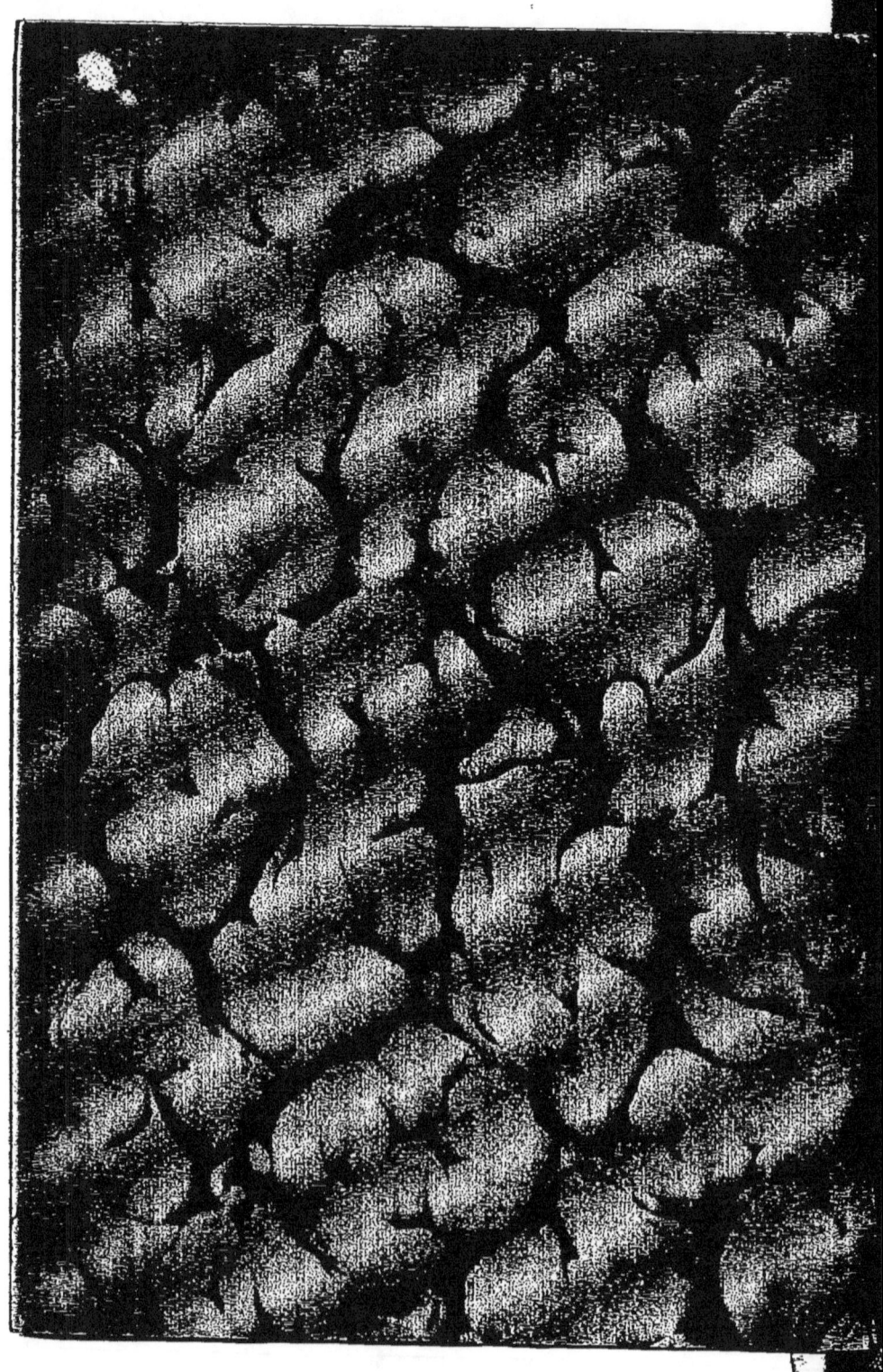

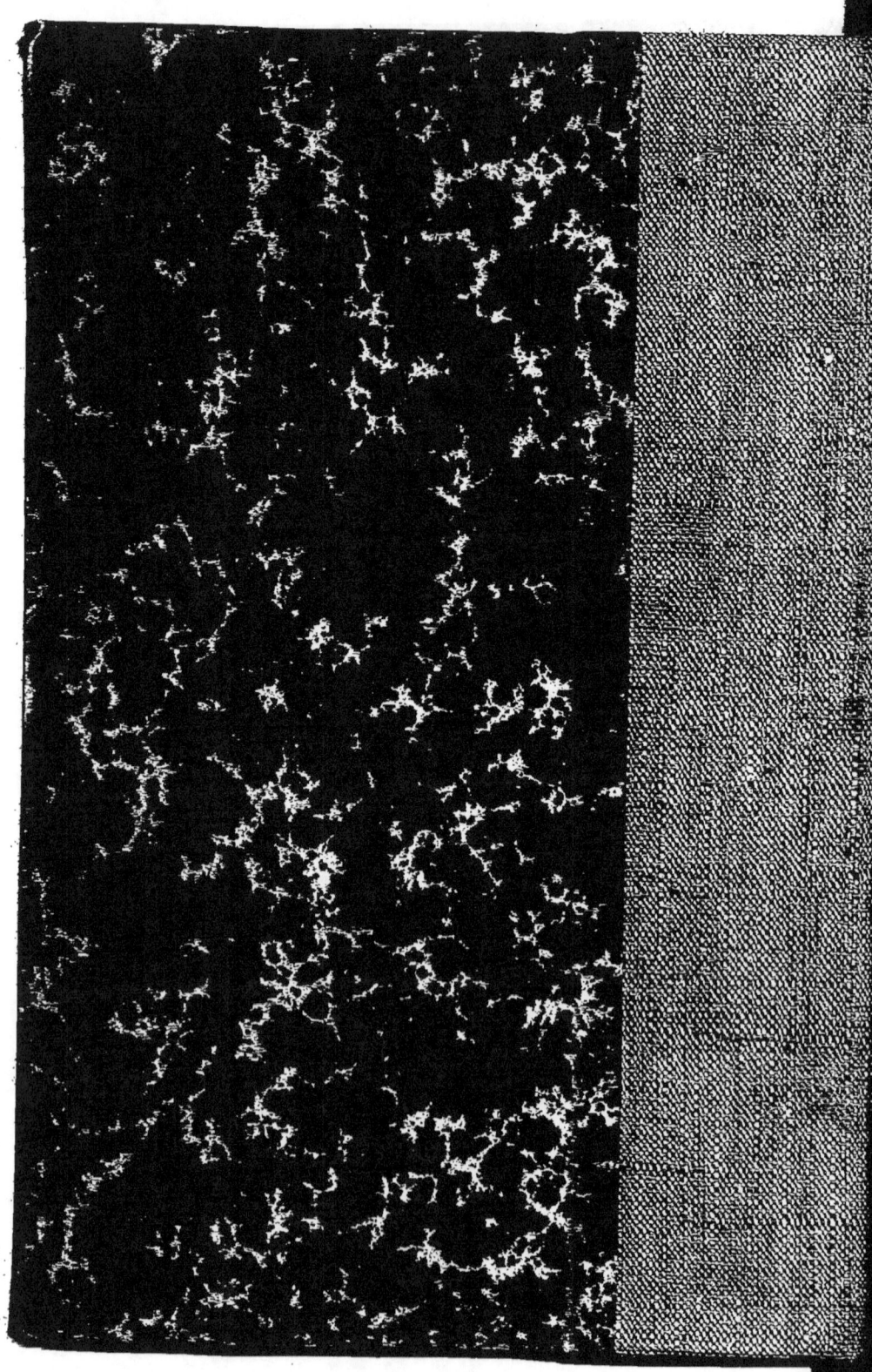